KB129278

영양만두를 먹는 가족

영양만두 ———— 를
떡는 가족

이재찬 장편소설

네오픽션

차
례

보험은
가족
사랑입니다

볕이 내려와 경찰서 마당을 차지했다. 구름이 움직일 때마다 그늘이 이리저리 끌려다녔다. 볕이 약해지자 빛과 그림자의 경계가 모호해졌다. 영하의 기온과 경찰서를 드나드는 사람들의 표정이 일치했다.

정문으로 나오려는데 기다렸다는 듯 비가 쏟아지기 시작했다. 구치소에서 나온 내게 우산이 있을 리 없었다. 경찰서 복도로 도로 들어가서 건물 오른쪽에 있는 흡연 구역으로 갔다. 버려진 우산은 없었다.

기다려도 비는 그칠 것 같지 않았다. 48시간 만에 나왔는데 48일은 지난 것 같았다. 경찰서 정문을 나오며 가래침을 뱉었다. 보초를 서던 의경이 날 보며 고개를 절레절레 흔들었다.

김밥천국에 들어가서 순두부백반을 시켰다. 밥이 나오자 비가 그쳤다. 비를 관장하는 누군가 내 동선을 지켜보며 약을 올리는 것이라고밖에 볼 수 없었다. 늘 이런 식이다. 불행은 날 바짝 쫓아다녔고 행운은 오지도 않았지만 온다 싶으면 서둘러 가버렸다. 거울 안에서 물에 빠진 생쥐가 순두부를 먹고 있었다. 국물에서 인스턴트 냄새가 났다.

　"이번엔 끔찍한 소식을 전해드리겠습니다."

　텔레비전 뉴스에서 살인사건을 보도했다. 여자 앵커는 도자기 같은 피부에 마네킹 같은 목소리로 말했다. 지난 19일 늦은 밤에 '가족공원' 화장실에서 이십대 후반의 여자가 칼에 찔려 사망했다. 경찰이 주변 CCTV를 분석하고 있지만 아직 범인으로 보이는 사람을 찾지 못했다. 앵커는 목격자의 제보를 기다린다고 말했다. 뉴스를 전하는 앵커의 말투에서 인스턴트 냄새가 났다. 일하는 아줌마가 드라마를 보려고 채널을 돌렸다. 광고가 나왔다. 딸아이가 소파에 누워 있는 아빠를 나무라는 게 귀여웠다.

　"보험은 가족 사랑입니다."

　동전까지 탈탈 털어 계산하고 식당을 나왔다. 골목에 들어섰다. 서로를 지긋지긋해하는 각도로 집들이 다닥다닥 붙어 있었다. 곧 모든 것들과 함께 땅으로 꺼져버릴 것만 같았다. 요즘 들어 뭐든지 다 무너질 것만 같다는 생각이 든다. 무너진 후 새로 시작하지 못하고 폐허가 세상을 지배할 것만 같다. 술에 취해 침대에 누우면 폐허가 내게 말을 걸기도 한다.

견딜 만해?

회색 벽돌집 옆에서 주변을 두리번거리는 노인이 보였다. 어정쩡한 게 무언가를 훔쳐보는 듯한 뒷모습이었다. 노인이 모퉁이를 돌았다. 나도 모르게 노인의 속도를 쫓았다. 자동차가 골목으로 진입했다. 파란색 티구안이 다급하게 멈췄다. 자동차 천장에 장착된 캐리어 안에 있던 물건이 캐리어 벽과 부딪치는 소리가 요란했다. 운전자가 운전대에 머리를 박고 있었다. 노인은 주춤주춤 뒤로 물러나더니 어설프게 자리에 주저앉았다. 운전자는 〈사랑과 영혼〉에서 패트릭 스웨이지의 영혼이 육체의 죽음을 목격하는 듯한 낯빛으로 차에서 내렸다. 나는 완벽하게 확보된 시야로 사건의 전말을 보았다. 운전자는 내 또래로 보이는 남자인데 노란색 기능성 등산복을 입고 있었다. 운전자의 얼굴빛이 노랬다. 노인은 바닥에서 나 죽는다, 며 곡을 했다.

"괜찮으세요?"

운전자가 노인 앞에서 몸을 낮춰 말한 후 주변을 두리

번거렸다.

"보, 보셨죠? 속도가 별로…… 아, 씨!"

운전자는 혼잣말한 건지 청자를 나로 설정한 건지 불분명한 투로 말했다. 머리를 신경질적으로 긁더니 휴대폰을 꺼낸 후 하늘을 올려다보았다. 운전자는 동시에 여러 개의 표정을 얼굴에 구겨 담았다. 감정이 다 담기지 못해 표정 한두 개가 곧 욕으로 터져 나올 듯 팽팽했다.

나는 운전자한테 가까이 갔다.

"보험 사기네요."

"예? 왜, 왜요? 어떡하죠?"

운전자가 다급하게 내 팔을 잡았다. 난 운전자를 데리고 노인의 반대편으로 걸었다. 노인이 소머즈의 청력이 아니라면 우리의 말을 듣지 못할 정도로 거리를 확보했다.

"블랙박스가 다 찍었을 텐데?"

"안 돼요."

"왜요?"

"이게 회사 차인데…… 사장님이 차가 긁혔다고 블랙박스 동영상을 저장하라고 해서 SD카드를 빼냈다가, 깜빡하고 다시 끼우지 않고, 제가 운전하고 나왔거든요."

"합의금으로 3백은 부를 거예요."

"그럼, 저는? 도와주실 수 없을까요?"

"보험 처리 하세요. 회사 차인데."

"사장이 절 죽일지도 몰라요."

"생명보험금이라도 타세요."

운전자가 메피스토펠레스를 보듯 날 보았다. 난 문득 따분하다는 생각이 들었다.

"내 시간은 어떻게 보상하실 건데요?"

"보상……요?"

"노인네가 그냥 가게 해주면, 10프로."

"그게…….'

"30만 원, 하죠."

나는 운전자에게 휴대폰을 달라고 해서 촬영 모드로 놓고 노인한테 가까이 갔다. 어디가 아프시냐고 묻자 노인은 사람이 죽겠는데 뭘 하고 있냐며 볼멘소리를 했다. 내가 재차 물었다.

"오른쪽 도가니가 박살이 났어, 이놈아!"

"할아버지, 왼쪽이 부딪혔는데?"

자동차가 오른쪽으로 모퉁이를 돌았고 할아버지가 걷는 방향으로 부딪혔으면 왼쪽 무릎이어야 한다고 설명했다. 노인이 잠시 머뭇대더니 다짜고짜 소리를 질렀다. 그러더니 손을 왼쪽 무릎으로 옮겼다. 운전자가 옆에서 발을 동동 굴렀다. 오른발에서 왼발로 왼발에서 오른발로 무게중심이 옮겨질 때마다 기대와 불신도 뒤뚱거렸다.

"할아버지, 지금 경찰에 신고할게요."

"경찰? 이까짓 거 가지고 무슨? 보험사에 연락해."

"1월 1일부터 법이 바뀌었어요."

"무슨 법?"

"도로교통법이요. 자해 공갈의 혐의가 있으면 무조건 구속 수사거든요. 요즘엔 신청만 하면 국과수랑 금감원에서 나와서 조사를 해요. 법이 바뀐 지 얼마 안 돼서 사람들이 모를 뿐입니다."

"자해 공갈? 누가! 나를 뭘로 보고 공갈치고 있어!"

"경찰이 오면 밝혀주겠죠."

"댁은 누군데 감 놔라 배 놔라야?"

"목격자죠."

나는 휴대폰으로 동영상을 찍었고 오른쪽과 왼쪽의 모순이 고스란히 저장돼 있다고 말했다. 노인한테 시간을 주기 위해 운전자 옆으로 왔다. 운전자와 세상 돌아가는 이야기를 했다. 파헤칠수록 도저히 동의할 수 없는 거지 같은 세상의 원리. 운전자는 내 시선에 동의하지 않았다.

"아, 가시는데요?"

노인이 말짱하게 걸어갔다. 운전자가 주머니서 울리는 휴대폰을 받았다. 운전자의 와이프인 듯한데 사이가 좋지 않은 것 같았다. 운전자가 담배를 한 대 물더니 내게도 권했다. 담배를 나누면 한솥밥을 먹는 기분이 든다. 운전자가 지갑을 꺼내 살폈다. 저 멀리 편의점을 바라보았다.

"잠깐만 제 차 좀 봐주세요."

"담배나 같이 피우시죠."

운전자가 물었다.

"결혼하셨어요?"

"했다가 물렀죠."

"아, 부럽습니다. 혼자로 돌아갈 수 있다면 여한이 없겠어요."

돌아오면 결국 갈 데가 없다는 걸 알 것이다.

"돈은 안 받을게요."

"예? 정말요? 왜 갑자기? 저 앞에, 편의점에서……."

"마음 바뀌기 전에 빨리 가보세요."

운전자가 치아 개수를 전부 보여주겠다는 듯 웃었다.

"1월 1일부터 도로교통법이 바뀐 게 맞나요?"

"법은 언제나 바뀌죠. 언제고 바뀔 거고. 그래서 법이죠. 물이 흐르듯."

사우나 탈의실에서 옷장 문을 열었다. 옷을 입기 전에

냄새를 맡았다. 아직 비둘기장의 억울함이 남아 있었다. 휴대폰을 확인했다. 부재중 전화 세 통. 한때는 '아내'라는 사랑스러운 어감으로 불렀던 여자한테 전화를 걸었다. 이제는 'X'라고 부른다. X는 전부인, 엑스와이프에서 따온 명명이다. 그녀의 속마음을 도저히 알 수 없어서 모른다는 의미의 X이며 욕 대신 'XX'라고 표현하는 것의 약자이기도 하다. 엑스와이프를 X라고 부르면 그녀가 곧 그 말의 어감이 된다. 결혼 전 빨간색 속옷을 사주자 내 앞에서 입고 딱 맞는 느낌이 좋다고 하던 그녀. X라는 호칭은 그녀에게 빨간 속옷 같다.

"또 잊었지?"

"뭘?"

"어떻게, 본인이란 인간은……."

휴게실로 이동하고 매점에서 커피를 샀다. 창가에 앉아 반이나 마시도록 X의 잔소리가 끝나지 않았다. 커피가 없었다면 X의 독성이 중화되지 않았을 것이다. X는 나란 인간을 가장 잘 파악하고 있는 사람이다. 어머니가 살아계셨다 해도 학습 능력이 뛰어난 X가 나에 대해 더 정확했을 것이다. 어머니는 맹목의 필터링을 통해 날 보았다. X는 내 단점을 보기 시작하면서 객관적 거리를 유지했다. 10년이 지나 기억이 가물가물한 에피소드가 필요할 때면 술술 나왔다. X의 뇌 중 과거에 할당된 공간은 적어도 나보다 서너 배는 클 것이다. 공포감을 담당한다는 편도체는 나의 반도 안 될 것이다. 결혼 생활 후반기부터 X가 무언가를 무서워하는 걸 본 기억이 없다. X는 우리가 두 번째 만날 때도 내가 약속을 지키지 않았다며 쏘아붙였다. 원래 약속을 지키지 않는 사람이라고 나를 규정했다. X는 삼단논법의 일인자다. "어른일수록 양보할 줄 알아야 해." "당신은 가장이야." "고로 내 의견에 양보해야지." 나는 여태껏 한 번도 말로 X를 이긴 적이 없다. X는 애를 낳은 후 나날이 몸이 불어 이제는 힘으로도 안 될 것이다.

"웬일이야?"

X의 목소리 톤이 내려와 제자리를 잡았다. 평심일 때 X는 여자치고 낮은 목소리다. 내 단점을 중심으로 날 보기 시작한 후엔 X의 허스키에서 섹시함이 사라졌다.

"뭐가?"

"짜증 안 내고, 내 얘기 다 듣고?"

"맞는 말이니까."

"도 닦았어?"

"이틀 동안 비둘기장에서 비둘기로 살면서 도를 닦았다면 닦았다고 할 수 있지."

"알쏭달쏭 말하는 버릇은 여전하네. 하긴, 사람이 바뀌겠어?"

"용건이 뭐야?"

한 달에 한 번, 마지막 주 금요일인 오늘이 바로 아들을 만나는 날이란다. 지난번엔 분명 토요일이었는데.

"토요일 같은 금요일이었겠지. 9시까지 보내. 10시면 자야 되니까."

나는 면접교섭권을 행사당하는 날이 금요일로 바뀐 것에 대해 따지지 않았다. 보나마나 내가 질 테니까.

빌라 건물 전체가 하나의 유치원이었다. 건물 외벽에는 펭귄 캐릭터를 새겨 넣는 작업이 진행 중이었다. 만화영화에 나오는 캐릭터 같은데 저작권은 주지 않았을 것이다. 매달 마지막 주 금요일은 유치원이 오전 수업만 하고 끝나는 날이란다. X는 한 달에 한 번 있는 부자 상봉도 효율적으로 날짜를 잡았다.

영민이가 날 보고 꾸벅 목을 숙였다. 내가 어릴 때 아버지한테 했던 형식적인 각도 그대로다. 반가움이라곤 찾아볼 수 없었다. 아버지도 나만큼 서운했을까. 아마도 그때 나는 어른들은 어떤 일이 있어도 서운해하지 않는 사람들인 줄 알았을 것이다. 어른이 되면 서운함에 대한 표현을 자제할 줄 알게 될 뿐이라는 걸, 그땐 몰랐을 것이다. 영민이가 어른이 되면 서운할 때 서운하다고 정확하게 말하는 사람이 되길 바란다. 영민이가 어떻게 자라길 바랄 자격이 내겐 없겠지만.

"잘 지냈어?"

영민이가 시큰둥하게 끄덕였다. 표정이 곧 마음인 건 나와 X의 공통점이라 누굴 닮은 건지 알 수 없다.

"뭐, 먹고 싶은 거 있어?"

"햄버거."

"롯데리아?"

"버거킹."

"가자, 버거킹."

"근데, 조건이 있어."

'조건'이란 말을 사용할 만큼 아이가 자라는 동안 난 아이에게 무슨 영향을 끼쳤을까.

"무슨 조건?"

"엄마한테 세븐스프링에 갔다고 말해줘야 돼."

"세븐스프링에서 샐러드 실컷 먹었다고 말할게."

"그걸로는 안 돼. 1번, 내가 버거킹에 가자고 했는데 친아빠가 안 된다고 했다. 2번, 내가 좀 화가 났다. 3번, 친아빠가 우겨서 세븐스프링에 억지로 갔다. 내가 안 간다고 막 그러니까 그럼 감자탕집에 가겠다고 해서 나도 어

19

쩔 수 없었다. 그렇게 해야 돼."

내게 '친' 자를 붙이는 건 새아빠한테 '새' 자를 생략한
다는 의미일 것이다.

"알았어."

우리는 택시를 탔다.

"넌, 엄마가 무서워?"

"시끄러워."

이혼을 하면서 X는 두 가지를 요구했다. 당시 우리가
소유하고 있던 아파트를 자기한테 줄 것과 아이를 데려
가겠다는 것. 아직 갚지 못한 은행 융자는 내 몫이며 대
신 양육비는 지급하지 않아도 된다는 조건이었다. X가
원하는 대로 해주었다. 이혼 전에 X는 다른 남자가 있었
다. 이혼 후 반년이 지나 그와 재혼했다. 이혼 전에는 알
지 못했던 사실이었다. 나도 다른 여자가 있었으니 할 말
은 없지만. X는 이혼하면서 내가 외로움을 즐기는 사람
이니까 별로 걱정은 안 된다고 말했다. 결혼 생활 동안
나는 나도 모르는 나로 규정되곤 했다. 이혼 후에는 원
래 내가 누구였는지 모르겠다. "어쨌든 고마워. 한 달에
한 번은 만나게 해줄게. 친아빠가 누군지 아는데 일부러
못 만나게 하는 것도 정신적인 억압이래. 당신이나 내 자
존심보다 영민이의 정신 건강이 더 중요한 거니까." 결혼

후에 X는 분명한 사람이 됐다. 주저하지 않았다. 폭주 기관차 같은 X는 내게 빨리 연료를 채우라고 채찍질했다. 나는 자본의 속도로 달리는 기관차에서 겨우 내렸다. 다시 올라타는 일은 없을 것이다. X는 내 현재에 만족하지 않고 나보고 '섹시한 미래'를 준비하라고 재촉했다. 나름 열심히 살았다. 내 한계가 열심히 살아오기만 한, 바로 그만큼뿐이라는 걸 깨달았다. 미래만 준비하다가 늘 현재를 잃어버렸다. 섹시한 미래는 어차피 오지 않을 거기에 차라리 현재에 살기로 했다. 후줄근한 현재에 머물기 위해 난 이혼을 선택했다.

"햄버거 먹고 뭐 할래? 롯데월드 갈까?"

"게임."

영민이가 가방에서 닌텐도를 꺼냈다. X 몰래 집에서 가지고 나온 것이리라. 집에서는 보나마나 X가 게임을 일정 시간 이상 하지 못하게 할 것이다. '친아빠'를 만나면 딱히 재미도 없으니까 미리 준비했을 것이다. 앞을 보고 계획할 줄 아는 장점의 근원은 내가 아니라 X다. 갓난아기일 땐 영민이를 보고 내 판박이라고들 말했다. 점점 제 엄마의 외모가 나오기 시작하더니 이혼한 후에는 거의 나를 극복해갔다. 내 유전자가 희미해지는 것을 보면서 점점 내 책임감을 희석시킨다고 하면 구차한 변명이 되겠지만 영민이가 점점 내게서 멀어지는 것 같아 마음이 편하다. X가 아이를 낳던 날 감격하다가 불현듯 나는 아버지가 되기에 별로 좋은 사람이 아닐 수 있다는 생각이 들었다. 내 아버지가 그런 것처럼. 영민이도 그런 사람이 되지 않기 위해선 내 영향력에서 멀어지는 게 좋다.

오피스텔 복층에서 영민이가 게임을 했다. 게임기를 새로 사서 오피스텔에 두겠다고 말하자 영민이는 빠진 앞니를 고스란히 드러내면서 웃었다. 나는 인터넷으로 닌텐도를 주문했다. 영민이는 집에서 게임기를 가지고 나왔던 걸 들킬 경우, 자기가 게임기를 하려 했는데 내가 못 하게 했으며 키즈토피아에서 놀게 했다고 말하라고 요구했다. 영민이를 만나는 날 가장 괴로운 건 X가 전화를 해서 둘이서 뭘 했는지 꼬치꼬치 묻는 것이다. 영민이한테도 물어보면서 X는 크로스체크를 한다. 혹시라도 내가 나쁜 영향을 끼칠까 봐 경계하는 것이리라. 시간이 흘러 영민이에게서 새로운, 나쁜 점이 발견되면 한 달에 한 번 친아빠를 만나게 해준 것이 패착이었다고 여길 것이다.

저녁은 피자로 해결했다.

영민이를 집 앞에 내려주고 초인종 누르는 걸 확인했다. 단독 주택이 있는 남자한테 시집을 갈 거면서 아파트를 가져간 게 야속했다. 결혼 예물로 받았던 시계를 보니

8시 50분이었다. 결혼 생활의 시간이 멈춘 지 한참 지났는데도 스위스산 시계는 멀쩡했다. 결혼 생활을 잊지 못해서 아직도 예물 시계를 차고 다니는 건 아니다. 나는 물건에 의미를 부여하지 않는다. 물건이 망가지기 전까지는 버리지 않고 사용하는 습관을 어머니한테서 물려받았을 뿐이다. 쉽게 변하는 인간에게 환멸을 느껴서 스위스 시계 장인들이 오래가는, 튼튼한 시계를 만들었을까. 창가에 X의 그림자가 보였다. 몸이 더 넉넉해졌다.

이혼은 한때 그녀를 미치도록 사랑했던 결과다.

만물의
근원

라면 두 개를 끓는 물에 불린 후 짜장 스프와 청양고추를 넣어 볶았다. 라면을 먹고 있는데 휴대폰이 울렸다.

"빨간 눈, 뭐 하고 살아?"

천동석이었다.

"어제는 가족공원 살인사건이 발생했다는 뉴스를 봤지."

"아직도 살인사건이 뉴스가 된단 말이야? 자살률 1위인 나라에서 보통 하루에 마흔두 명이 자살을 하는데, 어제는 쉰아홉 명이나 했대. 당신은 살아 있나 해서 연락했어. 어제 특별히 많이 자살한 이유가 뭘까?"

"우울증 약이 품절됐나 보지. 아니면 기업들이 합심해서 정리해고를 하는 날이었던가."

"기업들은 왜 정리해고를 하는 건데?"

"제일 잘하는 일이니까."

"그게 다야?"

"나눠 먹기 싫기도 할 거고."

"우리, 얼굴 한번 봐야지?"

"왜?"

"나눠 먹자고."

커피숍에 들어서자 천동석이 쿠키를 먹다 말고 일어나서 굳이 포옹을 청했다. 난 악수로 대신했다.

"오피스텔에서 점심도 해 먹어? 1층에 중국집 있지 않나?"

"믿을 수가 없어서."

"그래 믿음과 소망과 사랑 중에 제일은 바로 믿음이지. 사랑도 결국 믿음이 바탕에 깔려 있어야 되는 거거든."

"나눠 먹을 게 뭐야?"

컨테이너하우스에서 화재가 났다. 안에서 자고 있던 남자가 사망했다. 남자는 생명보험을 들었는데 수령액은 10억이었다.

"보통 보험 사기는 보험 계약자와 수익자가 같은 경우에 일어나는 게 대다수거든."

죽은 사람 이름은 신인범이었다. 신인범이 보험 계약자로 보험금을 냈고 피보험자는 신인범 자신이었다. 보험 사기에 해당되려면, 가령 와이프가 남편을 피보험자로 생명보험에 가입하고 남편의 죽음으로 인한 수익자 또한 와이프여야 한다는 것이다. 보험 계약자와 수익자가 같아야 죽는 걸 목적으로 돈을 붓고 피보험자가 죽으면 보험금을 탄다는 것이다. 신인범은 수익자를 아버지와 남동생으로 지정했다. 보험 계약자와 수익자가 다른 케이스는 통계적으로 보험 사기인 경우가 거의 없다는 것이다.

"보험 사기라는 거야, 아니라는 거야?"

"모르겠어. 클라이언트는 사건의 진실이 궁금하대."

"진실의 방향에 대해서는 어떻게 생각한대?"

"무조건 파헤치래."

"왜, 직접 안 하고 외주를 주는데?"

"우리 엄마보다는 아버지가 해주는 요리가 더 맛있었어. 1년에 한 번 엄마 생신 때만 해주셨는데, 난 어렸을 때 아버지가 집에서 살림을 하고 엄마가 나가서 돈을 벌어 왔으면 하는 소망이 있었지. 모든 일엔 임자가 따로 있는 법이야. 이번 의뢰가 들어오는 순간 딱, 빨간 눈이구나, 싶었지."

"난 아버지가 집에 안 들어왔으면 했는데."

"당신의 가족 이야기는 섬뜩하니까 자제 좀 해줘."

나는 안주머니서 플라스크를 꺼내 스카치 블루를 커피에 탔다.

"대낮엔 좀 자제해야 하지 않아?"

나는 술을 커피 양의 반쯤 부었다.

"자제하잖아."

"진행비로 5백은 먼저 지급하고 사건을 밝히는 데 성공하면 천5백 추가."

"경찰은 어떻게 보고 있는데?"

"화재로. 조사는 잠정적으로 끝난 상태야."

"사실상 끝난 사건의 진실을 밝혀달라고? 왜?"

"우리가 궁금해할 건 없잖아."

"공권력을 믿어야지."

"공권력이 바쁘시니까 놓치는 것도 있지."

"클라이언트는 뭐 하는 사람인데? 가족이야?"

"나도 몰라."

"왜 이래. 아마추어처럼."

"정말 몰라. 통화만 했어. 성별은 여자. 목소리는 제니퍼 로렌스에서 에로티시즘이 좀 빠진 정도랄까?"

"신부가 누군지는 알고 예식장에 들어간 거야?"

"그건 정확히 알고 있었지. 내 인생에 가장 큰 실수였거든. 난 신부가 예식장에서 웨딩드레스를 입고 서 있던 모습처럼 평생 그렇게 아름다울 줄 알았거든. 예식장에서의 아름다움은 선거공약 같은 거더라고."

"클라이언트는 방화로 의심하고 있다는 거네?"

"공권력을 믿자고 해서 말인데 담당 형사를 만나보자."

"경찰을 만나야만 하는 거야?"

"걱정하지 마. 내가 옆에서 형사가 당신 잡아먹지 못하게 감시할 테니까."

"경찰은 당신이 해결해."

"같은 조건에 할 만한 사람 많은 건 알고 있지?"

"좋은 조건 찾아."

배고픈 설정으로 살다 보면 더 고파진다. 이런 내 생각을 X는 전형적으로 배고플 작자들이나 하는 '낙오와 일란성쌍둥이'라고 했다. 나에 대한 X의 논평을 모아놓으면 저주의 경전이 될 것이다.

"내가 지금까지 조사한 자료 넘기고 데모도 하나 붙여줄게."

"조수는 안 키워."

"중국 속담에 혼자서는 아무것도 못 한다는 말이 있어."

"속담에는 비유가 있어야 되는 거 아니야?"

"중국은 넓은 나라니까 여러 가지가 있겠지."

"기간은?"

"보름."

"별로 섹시하지 않다."

"왜 이래. 얼굴에 호기심 이빠이면서. 이미 경찰이 조사를 했으니까 웬만하면 보험사가 다시 조사하지는 않을 거야. 위장할 신분도 준비해놨어."

『헬로 인천』은 5천 부가량 발행되는 타블로이드판 주간 정보지다. 「검은 안개」라는, 범죄 사건을 전문으로 다루는 기획 기사가 27주째 연재 중이었다. 「검은 안개」를 담당하는 황승찬 기자가 천동석의 선배라고 했다. 발이 넓은 천동석은 나이가 어리거나 만만한 지인을 통틀어 후배라 불렀고 나이가 많거나 신세 질 게 있는 지인은 선배라 칭했다. 황승찬은 두 달 후에 이민을 갈 예정이고 「검은 안개」 30회를 끝으로 신문사를 그만둘 거라고 했다. 황승찬의 명함을 들고 다니면서 취재하면 된다는 것이다.

"이민은 왜 가는데?"

"대한민국이 거기 없어서 간대."

천동석이 황승찬 이름이 적힌 명함과 대포폰을 건넸다. 인터넷에서 검색해도 『헬로 인천』 황승찬이란 이름은 뜨지만 얼굴은 나오지 않았다. 만약 누군가 나한테 명함을 받고 의심스러워서 신문사에 확인 전화를 해도 신문사에서 황승찬이란 기자가 있다고 대답해줄 것이다.

"신문사에서 알면 골치 아플 수도 있잖아."

".신문사 대표가 지금 구속됐어. 사기 분양으로. 어차피 개판인 데야."

우리는 피시방으로 갔다. 컴퓨터 좌석이 스무 개쯤 있는 규모였다. 천동석은 오프라인에서 피시방을, 온라인에서는 '인간관계 연구소'를 운영했다. 창문 바깥에 빨간색으로 상호가 붙어 있기 때문에 안쪽에서는 바깥의 햇빛을 붉게 투영시켰다. 벽지는 연녹색 아메바 수십 마리가 서로 뒤엉켜 있는 것 같은 무늬였다. 이곳에 들어와 컴퓨터를 사용하면 단세포생물로 퇴화해 복잡하게 얽힌 세상으로부터 독립할 수 있을 듯했다.

천동석이 화재 현장 사진을 보여주었다. 온통 잿빛인 컨테이너하우스였다. 촬영 모드를 죽음의 색감으로 설정하고 찍은 듯 온통 잿빛이었다. 불에 타서 뼈대만 남은 간이침대와 문 사이에 신인범의 시신이 얌전히 누워 있었다. 신인범의 머리와 침대, 문이 직각 삼각형을 이루었다. 안정적인 구도로 죽음이 완성되었다.

"신인범의 머리가 왜 문을 향해 있지 않았을까?"

"유독가스 때문에 방향을 잃었겠지."

천동석이 커피를 건네며 대답했다.

"사인은 질식사?"

"아마도."

두 번째 사진은 신인범을 좀 더 가까이서 찍은 것이었다. 신인범의 얼굴만 유독 알아보기 힘들 정도로 불에 탔다. 몸에 불이 붙었고 서 있었다면 불길이 위로 치솟기 때문에 얼굴이 집중적으로 탈 것이다. 세 번째는 신인범의 손목에 있는 시계가 잘 보였다. 예물 시계를 보고 신인범의 전부인은 전남편인 걸 확신했다. 예물 시계와 결혼 생활의 유통기한은 동일하지 않는 모양이다.

네 번째는 화재와 무관하게 찍은 신인범의 사진이었다. '레알 마드리드' 로고가 있는 흰색 유니폼을 입었다. 자신의 미래를 조금도 예상하지 못한 미소.

"보험 수익자 중 누군가 신인범을 죽였을까?"

"그걸 알아내는 게 당신이 할 일이지."

"다른 사진은?"

"내가 얻은 건 여기까지."

"불날 때, 그러니까 화재 진압을 할 때 구경하는 인물들 찍은 사진도 있는지 알아봐."

"왜?"

"그중 범인이 불나는 걸 보고 있었을 가능성이 높으니

까."

"불을 냈으면 졸라 도망가야 하는 거 아니야?"

"당신은 불을 안 내봐서 모르는 거야."

"불 지르고 싶었던 적은 있긴 했는데. 구경한단 말이지?"

"확인하고 싶어 하기 마련이지."

화재 현장 조사서를 보았다.

'연소 촉진제 등 방화 요인을 찾을 수 없지만 방화 가능성을 배제키는 어려움.'

경찰은 발화의 시작을 전기장판으로 보았다. 오래된 전기장판을 두 개나 겹쳐서 깔았고 장판 위로 두꺼운 담요를 또 깔았다. 온도 조절기도 제일 높은 6에 맞춰놓았다. 젊은 사람들은 1이나 2면 충분할 것이다. 인터넷에서 사고가 났던 19일 밤 그 지역 날씨를 찾아봤다. 섭씨 0도였다. 물이 어는 온도지 사람이 어는 온도는 아니다. 덩치도 좋은데 신인범은 추위를 많이 탔던 걸까. 불이 나고 컨테이너하우스가 타고 유독가스가 꽉 차도록 알아채지 못할 만큼 둔한 사람이었을까. 애초 불나기 전부터 죽어 있었던 건 아닐까.

"시체는 태웠어, 묻었어?"

"묻었어. 그건 왜?"

"독극물일 수도 있잖아. 부검은 안 했지?"

"안 했을 거야."

부검하지 않았다면 직계가족은 의뢰인이 아닐 것이다. 의심스러운 점이 있었다면 직계가족으로서 부검을 의뢰했을 테니까.

"만물의 근원을 물이라고 한 철학자도 있고 불이라고 한 철학자도 있잖아, 기억나? 중학교 때 도덕 시간에 배웠을 건데."

"응, 그런데?"

"불이 근원이야."

"왜?"

"불은 내고 싶기도 하지만 물을 내고 싶진 않잖아."

경찰의 말대로 방화가 아니라 누전으로 인한 화재일 수 있다. 경찰을 속일 만큼 솜씨 좋은 방화이거나. 나는 신인범의 아버지부터 만나보기로 했다.

"왜?"

"장유유서."

"내가 할 건 없어?"

"신인범 통화 기록 좀 알아봐줘."

개장수
삼 형제

신인범은 사건 당일 여동생의 차를 빌려서 아버지가 살고 있는 경기도 진복군 가락읍으로 갔다. 나도 죽은 신인범을 뒤늦게 쫓기 위해 가락으로 갔다. 식당은 부원군의 밥상을 올리던 가문의 후예가 지은 밥이라는 문구가 위풍당당하게 걸려 있었다. '부원군 집' 옆에다 차를 대고 점심을 먹었다. 기본적으로 잡곡밥이 나오는데 원하면 쌀밥도 있다고 했다. 나는 쌀밥으로 달라고 했다. 말년에 한사코 잡곡밥만 드시던 아버지는 지하철을 무료로 승차할 수 있는 자격을 몇 달 앞두고 돌아가셨다. 잡곡은 쌀이 전해주는 부드러운 식감을 방해한다.

　　식당 주차장으로 사용하고 있는 공터에 그대로 차를 세워둔 채 마을로 걸어갔다. 날씨가 풀렸다. 겨울이 끝나려

면 아직 멀었는데 벌써 추위가 움츠러들었다. 겨울이 시
작하기도 전에 한파가 연일 기승을 부리더니 지친 모양
이다. 마을로 들어가는 길은 포장이 되지 않았다. 자동차
가 마주 오면 속도를 낮추고 정교하게 운전해야 하는 폭
이었다. 길에는 간혹 자동차가 드나들 뿐 인적은 드물었
다. 어디선가 풍겨오는 거름 냄새가 이곳의 생계 방식을
알려주었다. 눈앞에 반원 모양의 야트막한 야산이 펼쳐
졌다. 마을은 꼼짝없이 야산에 포위된 꼴이었다. 산이 움
츠리면 마을은 목이 조여 숨을 쉬지 못할 것 같은 형세
였다.

산은 울창하지 않았다. 어디선가 낑낑거리는 소리가
났다. 난 자연스럽지 않은 소리에 민감하다. 소리를 쫓아
가니 작은 비닐하우스가 나타났다. 여기저기 비닐 뭉치
가 있고 그 안에는 농사를 짓는 데 사용하는 도구 몇 개
가 방치되어 나뒹굴었다. 비닐하우스를 끼고 돌자 족히
백 년은 넘었을 회화나무 한 그루가 서 있었다. 빛바랜
끈들이 나무에 묶여 있고 나무 아래에 수백 개의 돌이
쌓여 있었다. 돌을 쌓은 모든 이의 소원을 성취해주었다
는 듯 성황당 나무는 위엄을 내뿜었다.

철조망으로 둘러쳐진 밭을 끼고 돌았다. 소리가 점점
가까워졌다. 집 한 채가 통째로 들어갈 만한 공터가 나왔

다. 공터 중간에 평상이 점령군의 진지처럼 자리잡았다.

삐걱…… 삐걱…….

버드나무의 굵은 가지부터 쇠줄이 흘러내렸다. 도사견의 목이 쇠줄에 매달렸다. 쇠와 가죽이 서로를 조이며 마찰하는 소리가 거슬렸다. 중늙은이 두 명이 돌아가며 몽둥이질을 했다. 그들보다 조금 늙어 보이는 한 명은 뒤에 있는 평상에서 두 다리 쭉 뻗고 밥상을 기다리는 부원군처럼 앉아 있었다.

두들겨 맞던 도사견이 오줌을 지렸다. 왜소한 남자의 옷에 오줌이 묻었다. 구레나룻을 기른 남자와 평상에 앉아서 구경하던 남자가 낄낄거렸다. 왜소한 남자가 옷을 털며 욕을 했지만 기분은 털지 못한 것 같았다. 왜소한 남자가 제자리에서 빙빙 돌던 도사견을 향해 몽둥이를 겨눴다. 사무라이처럼 몽둥이를 머리 위로 세웠다가 도사견이 도는 속도와 각도에 맞춰 내리쳤다. 두꺼운 살가죽을 칠 때와는 다르게 연한 것이 터지는 소리가 났다. 도사견의 고환이 터진 것이다. 두 남자는 마치 강간범을 응징한 듯 즐거워했다. 거무튀튀한 피부와 흰 이가 대조적이었다. 도사견의 짖음은 이미 위협적이지 않았다. 목이 매어지기 전만 해도 도사견이 짖으면 이 마을에서 어떤 동물도 감히 범접할 수 없었을 것이다. 도사견이 온몸을 바들바들 떨었다. 도사견 아래에서 장작더미가 조금씩 타올랐다. 완전히 마르지 않은 장작에서 눅눅한 연기가 피어올랐다. 연기가 퍼지자 안개도 덩달아 모습을 드러냈다. 두 남자의 몽둥이질 속도는 느려졌지만 더욱 무거워졌다. 도사견은 뱅글뱅글 돌며 네 다리를 허공에 휘저었다. 누군가의 몽둥이에 도사견의 다리 관절이 부러졌다. 도사견이 다리 세 개로 버둥댔다. 고통의 우선순위를 정하지 못한 것 같았다. 구원이란 게 없다는 걸 아는지 모르는지 도사견은 끝까지 포기하지 않았다. 남아 있는 마지막 에너지를 헛되이 발산하고 있었다.

늑대보다 강하다는 도사견이 맥을 잃어갔다. 자신을 위한 초혼이라도 듣고 있는 것 같았다. 어디선가 개 짖는 소리가 들렸다. 한두 마리가 짖더니 점점 떼로 짖어댔다. 멀리 떨어져 있는 것 같지 않았다. 비닐하우스 뒤로 보이는 감나무밭 너머에 있는 산모퉁이 안쪽에서 집단적으로 짖는 소리가 흘러나왔다. 적을 보고 경계하기 위해 짖는, 강한 소리가 아니었다. 배가 고파 먹거리를 요구하는 소리 같지도 않았다. 도사견의 짖음에 대한 각기 다른 응답이었다. 함께 울어줄밖에는 달리 할 수 있는 게 없다는 무력감. 이번엔 아니지만 다음엔 자신일지도 모른다는 불안감. 이번만큼은 아니라는 안도감.

도사견이 더 이상 몽둥이질에 반응하지 않았다. 혀가 길게 입 밖으로 떨어졌다. 터진 고환과 항문 주변에서 고체와 액체가 뒤섞여 떨어졌다. 도사견의 영혼은 하강과 상승 사이에서 서성대고 있는 것 같았다. 공기가 음산했다. 장작더미가 활활 타오르기 시작했다. 타이밍이 정확한 게 한두 번 해본 솜씨가 아니었다. 평상 위엔 담요가 덮여 있었고 그 위에 막걸리와 파김치가 있었다. 담요는 제사장이 희생양을 바칠 때 두르고 있을 법한 망토 같았다. 도사견이 새카맣게 타자 구레나룻이 칼로 살을 찔렀다. 장작불이 약해졌다. 두 남자가 도사견을 바닥에 깔아둔 비닐 위에 내려놓았다. 까맣게 탄 껍데기를 칼로 벗겨냈다. 두 남자는 죽음을 만지는 데 능숙했다.

국민학교에 들어갈 무렵의 봄이었다. 난 아카시아 냄새를 쫓아 동네를 돌아다니는 걸 좋아했다. 마을 아저씨들이 새끼를 꼬아서 만든 쌀가마니 안에 개를 넣어서 아카시아 나무에 매달았다. 주인 없는 개였을 것이다. 그때만 해도 주인 없는 것이 꽤 있었다. 지금은 행복도 기회도, 모든 게 주인이 따로 있다. 그땐 지금보다 미개했지만 지금보다는 느슨한 세상이었다. 개가 발버둥 칠 때마다 아카시아 꽃잎이 흩날렸다. 고기가 익자 개를 잡던 어른들은 구경하던 아이들한테 한 점씩 주었다. 아카시아 냄새와 누린내가 내 후각의 원초적 기억 어딘가에 아직 남아 있다. 나도 그때 고기 한 점을 먹었을 것이다. 그때 그 원시성에서 달아나고 싶어서인지 나는 지금 개고기를 먹지 않는다.

"못 보던 얼굴인데?"

왜소한 남자가 말했다.

"저도 좀 껴도 될까요?"

"누구슈?"

구레나룻이 날 경계했다.

"형님은 까칠해가지고. 누구면 어때. 저승사자만 아니면 되지. 와서 같이 들어요."

왜소한 남자가 옆에 자리를 마련해주었다.

"뭔 일로 오셨나?"

우두머리 같은, 평상에 앉아 있던 남자가 말했다. 세 남자가 내게 집중했다. 내 소개를 하지 않을 수 없었다. 명함을 돌렸다.

"황승찬이라…… 신문기자가 왜?"

"신인범이라고 아시죠? 얼마 전에 화재로 죽은."

"지난번에는 방송국에서 오더니, 이번엔 신문에 나는가 보네."

"신문이라면 자고로 조선, 중앙, 동아 이런 거 아니야?

44

『헬로 인천』은 뭐야?"

"우리나라에 삼성, 현대만 있어? 중소기업도 있는 게 지."

가장 늙은 남자가 말했다.

"작은 지역신문입니다. 제가 학벌이 달려서 조중동엔 이력서도 못 냈습니다."

"인범이가 궁금해서리 오셨다?"

"신인범 씨하고 그 아버지하고 사이는 좋았습니까?"

세 남자가 건배를 한 후 막걸리를 마셨다. 왜소한 남자가 내게 술을 한 잔 권했고 난 피할 수 없어서 마셨다. 왜소한 남자가 도사견의 어깨 부위를 뜯어서 주었다. 도사견의 영혼처럼 김이 피어올랐다. 방금까지 살아 있던 생명체였다는 게 믿기지 않았다.

"저는 원래 고기를 잘 못 먹습니다. 소화기관이 약해서요."

"그러니 사람이 마르지. 남자가 묵직해야."

"신가네 부자는 개고기를 아주 좋아하는데."

"그 집 딸도 좋아해요. 아줌씨만 안 먹고."

"죽은 인범이도 잘 안 먹었을걸?"

세 남자가 비슷하게 생겼다. 나는 알루미늄 접시 위에 놓인 고기 대신 파김치를 집어 먹었다. 맛이 고약했다.

"신창술 씨는 아들이 죽고 나서 어떠십니까?"

"창술이 형님 나이가 몇인데 씨야, 씨가. 아버지뻘은 되겠구먼."

구레나룻이 혀를 찼다. 위아래도 없는 사람을 끼워줄 수 없다는 듯 나를 빼고 셋이서 막걸리를 비웠다.

"한 잔 더 하쇼."

왜소한 남자가 또 따라주었다. 나는 또 마셨다. 안주를 먹을 차례였다. 세 남자가 날 보았다. 바람이 술자리를 한 번 훑고 지나갔다. 바람에서 누린내와 잿더미 냄새가 났다. 왜소한 남자가 옷깃을 세웠다. 다른 두 남자는 맨손으로도 개를 때려잡을 것처럼 강단 있어 보였다.

나는 고기를 먹지 않을 수 없었다. 구레나룻이 날 보고 씩 웃었다.

"우리가 어때? 비슷하지 않소?"

"삼 형제야."

세 사람이 동시에 웃었다. 입꼬리가 왼쪽으로만 올라가는 게 영락없이 같은 유전자였다.

"어릴 때 막내 여동생이 하나 있었는데 일찍 저세상으로 갔고 우리만 셋이 한동네를 안 떠나고 살고 있어. 우리는 직업도 한 우물이야. 가업을 물려받았어."

"무슨 일인데요?"

"개장수."

세 사람이 또 입꼬리를 왼쪽만 올리고 웃었다.

"평생 개장사를 하니까 말이야. 개가 때론 사람 같기도 하고 어쩔 땐 사람이 개로 보이기도 해. 요즘 사람들은 개를 개같이 키우지 않고 지 새끼처럼 키우잖아. 개장에서 개 사는 꼬락서니로 있는 사람들도 얼마든지 있고."

도사견은 한약방에서 얻어 온 약재 찌꺼기를 먹여 키웠다고 했다. 다른 개보다 튼튼하게 잘 자랐는데 맛이 좋은지 시식하는 중이었던 듯하다.

"도사견이 명견이야. 일본 놈들이 그레이트데인, 세인트버나드 또 뭐냐. 마스티프, 불독, 시코쿠, 힘 좋은 놈들만 교배해서 나온 게 도사견이거든. 아무리 욕을 해도 일본 놈들이 생각하는 게 우리보다 한 수 위야. 그러니 맨날 깨지지. 도사견이 힘이 얼마나 좋게?"

"아무리 힘이 좋으면 뭐 해. 몽둥이질 앞에선 아무것도 아니지. 인간이나 동물이나 아무리 센 척해봤자 이 몽둥이 앞에선 설설 기는 게야. 몽둥이가 부처님이지."

"형님은 진리만 말씀한다니까."

구레나룻이 길게 자란 둘째가 말했다.

"셋째는 맛이 어떠냐?"

"난 잘 모르겠어요. 비슷한 거 같기도 하고."

"형님은?"

"셋째는 무려, 짜식이. 다르잖아. 딱 씹으면 몰라?"

"둘째 형님은?"

"육질이 다르지."

첫째와 둘째가 왜소한 셋째를 보며 혀를 찼다.

"그런가? 그러고 보니까 좀 다른 거 같네."

나는 셋째와 눈이 마주쳤다. 여전히 차이를 모르는 것 같았다.

"다르네, 확실히."

"어머니도 늘 이바구하셨지. 셋째가 맹하다고."

셋째의 얼굴이 굳어졌다.

"신창술 어르신이랑 아드님의 사이는 나빴습니까?"

"사이는 무슨. 양키들처럼 아버지가 아들한테 뽀뽀라도 하란 말이야?"

"뽀뽀는 아들한테 하는 게 아니라 모르는 여자한테."

첫째의 말에 둘째가 과장되게 웃었고 셋째는 경직되게 웃었다.

"내 사위는 제 아들놈이랑 사이가 좋아, 아주."

셋째가 말했다.

"세상이 참 요상하게 간다니까. 요즘엔 애새끼들이 상전이야."

"콩가루 집에 가면 개도 상전이지."

가부장의 질서가 몰락해가는 것에 대해 삼 형제가 평소 불만을 풀어놓았다. 이 부분에선 누구 하나 소외되지 않고 공감대가 형성됐다.

"두 분 사이가 특별히 나쁘다고 볼 수는 없고요?"

내가 방향을 되잡았다.

"글쎄, 좋다기보다는……."

"괜찮았지. 안 그래요?"

둘째가 셋째의 말을 자르고 첫째한테 동의를 구했다.

"내가 창술이에 대해서 이야기 하나 해줄까, 기자 양반?"

"네, 그러시죠."

"나는 70년도 더 전부터 창술이랑 같이 자란 사이야. 중학교 다닐 때였어. 우리 아버지는 내가 태어나기 전부터 개장사를 하셨거든. 창술이랑 같이 개밥도 주고 그랬지. 그런데 창술이가 강아지 한 마리를 아주 귀여워 한 거야. 그래봤자 잡종이지만. 겉으로는 무뚝뚝해도 속정이 깊은 친구야. 창술이가 좋아하던 강아지가 커서 팔려 갈 때가 된 게지. 창술이가 우리 아버지한테 지가 좋아하던 개는 팔지 말라고 한 거야. 우리 아버지는 뭔 개뼉다구 같은 소리냐고 무시해버렸지. 옛날에 그런 게 어디 있어. 창술이가 자기 아버지한테 그 개를 사달라고 했지만

어림도 없었고. 우리 아버지가 그 개를 팔아버렸어. 창술
이가 화가 난 거다. 이놈이 밤에 몰래 와서 개장 문을 전
부 열어놓은 거야. 우리 집에서 팔린 개는 모조리 개고기
집으로 직행이거든. 우리 아버지 화가 머리 꼭대기까지
났어. 창술이 아버지도 자기 아들이 두들겨 맞고 있는데
말리지를 못했어. 우리 아버지는 한번 화가 나면 박통도
못 말렸거든."

휴대폰이 울렸다. 둘째가 전화받으러 자리를 떴다.

"나도 전립선이 지랄하기 전에 소피 좀 보고 와야 쓰겠
네."

첫째가 일어나 자리를 떴다. 셋째가 건배를 청해 왔다.

"그런데 말이야……."

셋째가 내게 속삭이듯 말했다. 셋째가 고개를 돌리자
둘째가 바라보았다. 둘째의 눈빛에 결박당한 듯 셋째는
입을 닫았다. 세 사람이 건배했다. 첫째가 돌아오고 나서
삼 형제는 정치에 대해 말했다. 이견이 없는 토론장이었
다.

"오늘 창술 형님네 들르실 건가?"

둘째가 물었다.

"네."

"잘못 왔네. 창술 형님 오늘 서울 갔는데."

이번에도 어김없이 징크스에 걸렸다. 지금껏 첫 번째 용의자를 한 번에 만난 적이 없었다.

"언제 오실까요?"

"아까 점심 먹고 가는 거 봤으니까 오늘이야 오겠어?"

"기자 양반, 여긴 왜 오셨나?"

첫째가 오른쪽 무릎을 주무르며 물었다.

"예?"

"창술이가 아들을 죽였을까 봐?"

"아, 그게 뭐…….

"남 이야기 좋아하는 비렁뱅이들이 하는 말이야. 창술이가 얼마나 파란 사람인데 그런 짓을 했겠어."

"파란 사람이요?"

"빨갱이나 제 자식을 죽이지. 우리 같은 파란 사람들은 안 그래. 육이오 때 보면 몰라?"

"안 하지, 우리는. 그런 빨갱이 잡종들이나 하는 짓은."

웅성대는 소리가 들렸다. 중늙은이 세 명이 이쪽으로 다가왔다. 개를 잡는다는 말을 듣고 얻어먹으러 온 것이다. 파란 사람들한테서 더 이상 컨테이너하우스 화재에 대한 이야기는 나오지 않았다.

시끌벅적한 틈에 나는 자리를 빠져나와 식당 주차장에서 차에 탔다. 창문을 열려는데 누군가 차창을 두드렸다.

밥집 주인이었다.

"주차 너무 오래하시네."

밥집 주인이 짜증을 냈다. 나는 미안하다고 말하고는 차에 시동을 걸었다. 주차 공간은 충분했다. 차를 빼려고 후진했다. 다시 앞으로 돌렸다. 벽하고 부딪칠 것 같았다. 다시 후진했다. 오른쪽 사이드미러로 사람이 다가왔다. 입가의 주름이 까맣게 팽창했다.

"읍내로 가실 건가?"

개장수 셋째가 주변을 둘러보았다.

"바로 고속도로로 빠지려고요."

"읍내로 가시지. 할 말도 있고."

그를 태우고 식당 주차장을 벗어나 읍내로 방향을 잡았다.

"무슨 말씀이요?"

"창술이 형님이랑 인범이랑 사이가 나빠."

개장수 셋째의 말에 의하면 신창술은 술을 마시고 가끔 부인을 때렸다. 서울서 대학을 다니던 신인범이 집에 오는 주말이면 큰소리가 나기 일쑤였다. 신인범은 아버지가 어머니한테 손대지 못하게 여러 차례 경고했다. 아들놈이 아니라 망나니를 키웠다고, 신창술이 큰아들에 대해 말했다. "내 씨가 아닌 게 분명해." 다른 형제들은 외탁이지만 신인범은 신창술의 사각 턱을 그대로 닮은 친탁이었다.

한번은 비닐하우스 안에서 신창술이 어깨가 축 처진 채 막걸리를 마셨다. 셋째가 안으로 들어가 같이 한잔하자며 옆에 앉으려는데 신창술이 그냥 가라고 소리를 질렀다. 신창술은 무서운 사람은 아니지만 목소리가 커서 사람을 움찔하게 만드는 재주가 있다. 셋째가 집으로 왔다가 다시 나올 일이 생겼고 혹시나 해서 비닐하우스를 들여다보니 흐느끼는 소리가 들렸다. 신창술이 울고 있었다. 셋째가 술벗이 돼주었다. 신창술은 술기운을 빌려 큰아들한테 맞았다고 털어놓았다.

"신창술 어르신이 부인을 자주 때렸습니까?"

"조선 천지 남자치고 여자 한 번 안 때려본 사람 있겠소? 여자라는 사람들이 말이야, 생각하는 거 하고는 얼마나 밴댕이 소갈딱지야. 내 마누라도 예전에 우리 어머니 욕을 하는데 나도 모르게 주먹이 나가더라고. 어떤 놈이 제 엄마 욕하는 마누라 젖통을 어루만지겠어? 아굴통을 날려야지."

"신인범이 죽고 나서 신창술 어르신을 만나보신 적이 있으신가요?"

"한동넨데 있고말고."

"어떻습니까?"

"원래 표정이 없는 형님이야. 웃지 않으면 다 똑같아."

셋째가 빠른 길이라며 가르쳐준 길에서 흙먼지가 흩날렸다.

"그래도 뭐 이상한 거 없습니까? 컨테이너에 불나던 날 밤늦게 동네에서 이상한 걸 봤다는 사람이 있다거나."

"새벽에 차 한 대가 나가는 걸 봤다고 하더라고."

"차요? 어디서요?"

"창술 형님네 집 뒤에 산이 있어. 그 산을 넘으면 꽤 큰 저수지가 하나가 있는데 그 저수지 쪽에서 차가 한 대 나오더래."

"저수지에서 차야 뭐 수시로 왔다 갔다 하는 거 아닌가요?"

"하긴, 새벽에도 낚시질들을 하니까."

"최근에 신인범하고 신창술 어르신하고 사이가 더 안 좋았습니까?"

"글쎄, 인범이가 형님한테 소를 팔라고 했던 모양이야. 형님은 소를 신줏단지 모시듯 해. 우리한테 개가 있다면 창술이 형님한테는 소가 있어. 가족도 죄다 서울에서 살고 아무도 찾아오는 사람도 없고. 뭐, 그러니 소라도 키워야지 어쩌겠어."

"서울 가서 같이 사시면 되지 않습니까?"

"자식들한테 엄마나 필요하지 다 늙은 아버지를 어디다 쓰겠어? 짐만 되지."

"소가 많이 있습니까?"

"학교 그만두고 처음에는 송아지 두 마리 사 와서 시작하더니 벌써 스무 마리쯤 되지. 더 늘었을지도 모르겠네. 돈만 생기면 소를 사니까. 소 키워봤자 남는 것도 없는데 말이야."

나는 셋째에게 무슨 소문을 들으면 전화 좀 달라고 말하고 서로 전화번호를 교환했다. 그러고는 읍내에서 셋째를 내려주었다.

고속도로로 진입한 후 차창을 모두 열었다. 비앙카 스토리(The Bianca Story)가 부르고 얀 블롬크비스트(Jan Blomqvist)가 리믹스한 〈Dancing People Are Never Wrong〉이 재생되었다. 몽환적인 멜로디가 반복될수록 대마가 생각났다. 고속도로는 시원하게 뚫려 있었지만 마음은 갑갑했다.

탕아도 없애고

보험금도 타는

일거양득

피시방에 들어서자 담배 연기가 자욱했다. 오전인데도 피시방에서 죽치고 있는 사람이 열 명쯤 됐다. 게임에 몰두한 사람들의 뒷모습이 하나같이 다른 세상에 대한 욕구로 가득 차 보였다.

천동석이 신인범의 통화 기록을 주었다.

"1935년에 도쿄에서 한 의사 부부가 망나니짓하는 아들을 죽이기 전에 거액의 보험에 들었거든. 신문 기사에 '탕아도 없애고 보험금도 타는 일거양득' 사건이라고 났고."

"하늘 아래 창조 범죄라는 게 있겠어? 다 고전적인 유형 안에 있는 거지. 밥이나 먹자."

우리는 피시방 건물 1층에 있는 식당에서 육회비빔밥

을 먹었다.

신인범은 죽기 일주일 전부터 아버지와 하루 한 번 통화를 했다. 그 전 통화는 한 달 전이었다. 신창술도 두 달 동안 한 번도 전화하지 않다가 신인범이 죽기 일주일 전부터 이틀에 한 번꼴로 아들한테 전화를 걸었다. 부자지간에 거의 통화하지 않다가 자주 하게 된 수상한 점을 경찰은 주목하지 않았다. 경찰의 허점이 나에겐 힌트다.

신창술 집이 보이는 과수원 옆에 차를 세웠다. 신창술의 집과 사과나무를 키우는 과수원의 경계에 농수로가 있었다. 농수로 위를 지나는 다리는 서너 걸음이면 건널 수 있을 만큼 짧았다. 다리 아래는 얼었다 녹았다 반복된 흔적으로 지저분했다. 구불구불한 길을 들어가면 요새처럼 신창술의 집이 있었다. 집 마당을 지나야 우사가 나왔다. 우사 뒤로는 산이었다. 소똥을 제대로 치우지 못해서 마당이 질펀했다. 냄새도 보이는 것만큼이었다. 신창술은 스무 마리쯤 되는 소를 감당하지 못했다. 소를 데려가려는 사람이 있다면 집 마당을 지나야 한다. 산으로는 소를 끌고갈 수 없을 테니까. 신인범은 아버지의 소를 가져가지 못했다.

우사에서 허리가 굽은 늙은이가 여물을 주고 있었다. 평생 일만 한 노인의 구부정한 뒷모습이었다.

"안녕하세요, 어르신."

신창술이 돌아봤다.

"어디서 오셨소?"

목소리에 쇳소리가 섞였다. 표정은 바싹 마른 건초 더
미 같아서 성냥불을 떨어뜨리면 금방이라도 타오를 듯
했다. 평생 국가와 가족에게 영양분을 빼앗긴 세대의 전
형적인 건조함이었다. 명함을 주고 찾아온 목적을 설명
했다.

"가장 노릇도 못 한 시시한 놈 하나 죽은 게 무슨 신문
에서 기사를 쓸 일이신가? 세상에 중요한 일이 얼마나
많은데."

"사람이 죽는 것보다 중요한 일이 어디 있겠습니까."

신창술이 오른쪽 눈을 찡그렸다. 마그네슘이 부족해서
그런 것일 텐데 찡그림은 나에 대한 속마음 같았다.

"아드님이 보험에 드셨더라고요."

"내 돈인가, 뭐."

"어르신 돈이 맞죠."

"난 관심 없어. 아들 죽어서 받은 돈으로 밥을 넘길 수
있겠어?"

신창술이 낫을 놓으며 내 차림새를 위아래로 훑어봤다.

X가 양복 입고 다니라고 했지만 난 '거적때기 같은 잠바 때기'가 편하다. 정장을 입으면 교복 입고 학교에 다니며 바보로 살았던 시절이 떠올라서 생각이라는 걸 할 수가 없다.

신창술이 주머니서 약봉지를 꺼내 입에 털어 넣고 페트병째로 물을 마셨다. 그리고 두 손가락으로 코를 풀고는 손에 묻은 콧물을 바지에 닦았다.

"좀만 기다려주소."

"혹시 집에 컴퓨터가 있습니까?"

"그딴 게 왜 필요하겠소. 난 할 줄도 모르고."

"어르신 기다리는 동안 컨테이너하우스 좀 봐도 되겠습니까?"

"그러시든가."

신창술의 무표정은 허기진 불평불만 같았다.

네 평쯤 돼 보이는 컨테이너하우스 주변엔 폴리스라인이 쳐져 있었다. 현장은 사건에 대해서 가장 객관적으로 진술한다. 나는 잿더미 복판에 서서 현장을 둘러봤다. 창문을 둘러서 비닐을 붙인 흔적이 보였다. 창문 바깥엔 방범 덮개를 했다. 창문으로는 빠져나갈 수 없다. 화재 현장은 뜨겁게 진술할 뿐 단서를 잿더미로 만들어버린다. 천동석이 준 현장 사진은 중요한 곳에 제대로 포커스를 맞췄다. 단순히 여러 각도로 찍은 게 아니라 정확한 지점에서 화마의 흔적이 지나간 현장감을 잘 포착했다. 창문 옆 구석에 종이 박스가 쌓여 있던 흔적이 있었다. 나무 의자, 나무로 된 선반 등 컨테이너하우스 안에는 불에 잘 타는 물건들로만 채워져 있었다. 나는 밖으로 나왔다. 컨테이너하우스를 둘러싸고 사방 3미터는 풀이 없어서 불이 산으로 옮겨 붙지 않을 조건이었다. 컨테이너하우스를 그 위치에 놓을 때부터 불이 날 것을 대비한 듯했다.

어미 소가 송아지의 몸을 열심히 핥았다.

"나가서 배나 채우십시다."

신창술이 옷을 털며 말했다.

"보신탕 드시나? 여기 잘하는 데가 있는데."

"보신탕은 못 먹습니다. 식사는 제가 대접하겠습니다."

"개고기 만두도 아주 맛있는데, 하는 수 없지."

부원군 밥상을 주문한 후 신창술은 소주부터 한 병 달라고 했다. 밑반찬과 소주가 함께 나왔다. 신창술이 소주 뚜껑을 땄다. 내가 병을 달라고 했지만 신창술은 굳이 자작했다. 잔을 주고받으면 진실도 주고받아야 한다고 생각하는 모양이었다. 신창술이 소주를 한 잔 털어 넣고 깊게 음미했다.

"컨테이너는 언제 거기다가 둔 겁니까?"

"1년 됐나? 송가 놈 축사 옆에 있던 건데 이사를 가면서 나한테 주고 갔지."

"저도 한 잔 주십시오."

술꾼하고는 함께 대작을 해주고 개장수들하고는 함께 개고기를 먹어주는 것이 조사의 태도다.

"술을 좋아하시나 봅니다."

"내 이름이 신창, 술이야. 내 선친이 술을 좋아하셨는데 몸이 약하셔서 많이 못 드셨지. 그래서 내 이름엔 술자를 넣었나 봐. 덕분에 술을 아무리 마셔도 별 탈이 없어. 자넨 어때?"

술이 들어가자 신창술의 입에서 반말이 술술 나왔다.

"몇 년 전부터는 무리하면 다음 날 골골합니다."

"요즘 젊은 사람들은 죽자 사자 하는 게 없어. 세상이 죽는지 내가 죽는지 해봐야지 말이야."

죽자 사자 덤빌 가치가 있는 세상이라야 말이지.

"우리 땐 말이야. 위에서 시키면 상어가 보여도 바다에 뛰어들었어. 그렇게 살았으니까 전쟁으로 망한 나라인데도 이렇게 됐잖아."

"그때 상어가 있는데도 뛰어들라고 시킨 사람들은 호의호식하는데 뛰어든 사람들은 가난하지 않습니까?"

날 보는 신창술의 눈이 희번덕거렸다. 개장수들이 '빨 갱이'라고 말할 때 보이던 눈빛이었다.

밥이 나왔다. 신창술은 밥도 술만큼 잘 먹었다.

"주인장, 〈6시 내고향〉 좀 봅시다."

신창술이 시계를 보며 말했다. 주인이 세팅을 끝내고 채널을 돌렸다. 오래전에 코미디 프로그램에서 조연급 이었던 사람들이 리포터로 나와서 새로운 감각을 마땅 치 않게 여기는 시청자들을 추억의 코미디로 즐겁게 해 주었다. 신창술은 잃어버린 시간을 위로받기라도 하려는 듯 텔레비전에 푹 빠졌다. 미소를 만드는 근육이 손상됐 을 것 같은 사람을 웃게 만들어준다면 훌륭한 프로그램 일 것이다. 〈6시 내고향〉이 끝나는 6시 55분까지 신창술 을 집중하게 할 수 있는 사람은 두 명의 MC와 리포터들 밖에 없었다.

"아드님이 건강한 편이었습니까?"

"고향은 어딘가?"

"저요? 서울입니다."

"서울이 무슨 고향이야. 고향이라고 하면 바다가 있거 나 논두렁이 있어야지."

"신인범 씨가 덩치는 좋던데, 추위를 타는 편이었습니 까?"

"덩치만 곰 같지, 약골이야. 겨울에 태어나면 추위를 안 타던 옛말도 다 헛소리지."

"아드님과 사이는 좋으셨습니까?"

"요즘엔 재래시장이 다들 죽어가잖아. 〈6시 내고향〉이 그래서 대단한 거야. 재래시장을 찾아다니면서 그 맛을 보여주니까. 그렇다고 이마트를 욕할 수만은 없지. 시대 흐름이니까. 내가 늙었어도 알 건 다 안다고. 요즘 세상에 재래시장만 고집해서야 쓰나. 이마트에서 재래시장처럼 장사를 하니 인범이 놈이 될 리가 있겠어."

신창술의 술잔이 비어서 내가 따라주었다. 신창술이 소주를 하나 더 시켰다. 신창술과 대작하기가 버거워 난 속도를 늦췄다. 신창술이 소주잔을 옆으로 치우더니 물잔에 있는 물을 다 마셨다. 맥주나 따르기에 적당한 물컵에 소주를 가득 따랐다.

"신인범 씨가 소를 팔자고 했습니까?"

"사업을 한 번 더 해보겠대. 한번 크게 망했으면 그만해야지. 제 길이 아니라는 걸 왜 몰라. 사업이란 게 노름이거든. 꼬박꼬박 성실하게 살 자신이 없는 놈들이 한탕 노려서 수작 부리는 게지."

신창술이 물컵에 담긴 소주를 마셨다. 보는 것만으로도 속이 쓰렸다.

"소까지 내주면 난 어떻게 살라고."

신창술은 대학까지 보내주었으면 부모의 역할은 다한 거라며 양놈들은 스무 살만 되면 독립을 하는데 우리는 왜 그렇게 못 하냐며 비교했다.

"그날도 돈 이야기 하러 집으로 온 겁니까?"

"딸애가 뭘 보냈어."

"뭘요?"

"홍콩에 갔다가 코냑을 두 병 샀대. 내 생각 하는 건 연아밖에 없지. 작년 내 생일 때는 연아가 송아지 한 마리를 사줬어. 아까 왜 목에 빨간 띠 두른 놈 봤어? 고놈이야."

"간이침대 보니까 새거 같던데요?"

"불에 탔는데 용케 알아보시는구먼. 연아가 안 쓰는 거보낸 거야."

"코냑 보낼 때 같이요?"

"그렇지."

"혼자 사시는데 간이침대는 어디다 쓰시게요?"

"어? 그, 손님이 오니까."

"집에 방이 몇 개죠?"

"자네도 딸이 있나?"

"아들만 하나 있습니다."

"아들은 다 소용없어. 젊을 땐 아들을 낳아야 한다고 생각했는데 키워보니 딸이 보물이야. 아들 새끼들이 며느리 치마폭에서 하는 짓들 하고는. 결혼하고도 딸은 계속 딸이지만 아들은 며느리 부하가 돼버리잖아. 자네도 딸을 낳아. 아직 젊잖아."

세상에 내 피붙이는 X의 아들 노릇 하기 버거울 영민이가 마지막이다.

"방이 세 갠가요?"

"세 개지."

"손님이 오면 댁에서 재우면 되지 않나요? 컨테이너에서 굳이 손님을 재우는 건 좀 이상한대요?"

"불편해하는 손님이 있어."

"신인범 씨가 보험에 든 걸 가족 중에 아무도 몰랐습니까?"

"원래 말이 없는 놈이야."

가족이 알았는지 몰랐는지 확인할 수 없을 것이다. 원래 말이 많은 사람들이라고 해도 말해주지 않을 테니까.

"택배 하고 대리운전 하는 놈이 보험 들었다는 게 말이나 돼? 도대체 무슨 생각을 하고 사는 놈인지."

"저도 그게 이해가 안 되더라고요. 왜 그랬을까요?"

"그러니까 속창자가 없는 놈이지."

"자기가 죽을 줄 알았을까요?"

신창술이 소주를 마시더니 조기를 들고 뜯었다. 나는 문득 택배와 대리운전을 동시에 할 정도로 체력 좋은 사람을 부실하다고 말하는 건 기대치가 너무 커서 과소평가한 것이라는 생각밖에 안 들었다.

"어르신이 아드님을 죽였다고는 생각하지 않습니다."

벌게진 신창술의 눈이 날 향했다. 이번에도 '빨갱이 시선'이었다. 난 누구보다 돈을 추구하는 '파란 사람'이라고 변명해야 할 것 같았다.

"아들을 죽여서 보험금을 탈 만큼 미친놈으로 보이지는 않거든요."

신창술이 게장을 한입에 넣고 씹었다.

"나한테 왜 왔어?"

"사실을 알고 싶어서요."

신창술은 입가에 묻은 고추장을 닦지 않았다. 고추장이 묻은지도 모르는 듯했다.

"12일부터는 하루가 멀다 하고 통화를 하셨더라고요. 무슨 일이 있었습니까?"

"내가 원래 익히지 않은 건 안 먹어. 그런데 이 게장은 안 먹을 수가 없단 말이야."

"원래 통화를 자주 안 하시지 않습니까?"

"애비한테 약을 팔아. 이제야 자신에 대해 알겠다나? 지금껏 뭘 하느라고 대학까지 다녔으면서 자기 자신도 몰라."

"자기를 알아서 어쨌다는 건데요?"

"사업 자금 대달라고. 전화로 하다가 안 되니까 집에 쫓아왔지. 성깔이 불같아서 하다 안 되면 머리부터 들이밀거든. 나는 절대 소는 안 판다고 했고. 나중에 돈 벌어서 땅을 다시 사주겠다는 거야. 소도 두 배로 사고 축사도 크게 지어준대. 그놈이 원래 거짓말하는 놈은 아니지만 공수표를 남발해. 내가 퇴직금 받은 걸 가지고 있다가 그놈 사업하는 데 다 들이부었어. 그 돈이 어떤 돈인 줄 알아? 내가 평생 학교 소사를 한 줄 알아? 아니야. 이사장 집 머슴을 산 거야. 이사장 집만 살았나? 이사장 아들이 자기 집 마당에 연못 판다고 했을 때 평일에 퇴근하고 가고 주말에도 내내 노가다 했지. 그 연못을 내가 판 거야. 밥만 먹여주더라고. 수고했다고 다만 얼마라도 주는 게 인지상정 아니야? 그렇게 큰 집에 살면서. 인범이 놈은 어릴 때부터 부자가 되겠다고 입버릇처럼 말했지. 그놈은 부자 될 위인이 아니야. 이사장이나 그 자식새끼 같은 새끼들이나 부자가 되는 게지. 마음이 약해빠져서 무슨 부자야. 내가 퇴직하기 며칠 전에도 이사장 아들놈

집에 가서 형광등을 갈아줬어. 집에 형광등만 스무 개야. 멀쩡한 것도 다 갈았어. 분위기가 좋은 걸로 바꾼대. 젊은 놈이 형광등도 못 갈아? 내 참…… 그렇게 머슴 살고 받은 퇴직금이야."

신인범은 미국산 쇠고기가 수입되면서부터 더 이상 한국에서 소를 키우는 건 비전이 없다며 아버지한테 소를 모두 팔아치울 것을 종용해왔다.

"그렇게 세상 돌아가는 걸 잘 아는 놈이 사업을 하다가 다 말아먹어?"

서울에 사는 자식들이 손주들을 데리고 오긴 하겠지만 자주 오진 않을 것이다. 거리도 문제고 시간도 도와주지 않겠지만 더 이상 자식들한테 별 도움이 되지 않는 아버지를 자주 찾아볼 이유가 없기 때문일 것이다. 소를 키우는 건 비경제적이지만 신창술에게는 그 무엇보다 소가 필요했다.

신창술이 담배를 피웠다. 그의 머리 위로 금연 구역임을 알리는 빨간색 경고 문구가 보였다.

"그날…… 무슨 일이 있었습니까?"

"내가 말하면 신문에 쓰는 건가?"

"어르신이 죽인 게 아니니까 신문에 나지는 않을 겁니다."

"그럼 여기까지 온 이유가 없잖아. 밥도 샀는데?"

"원래 사람 하는 일이 허탕 치는 게 더 많지 않겠습니까?"

"하긴, 평생 허탕만 치다가 죽은 놈도 있으니까."

신창술은 19일 날 소를 팔자고 하는 아들을 혼냈다고 했다. 신인범은 저녁도 먹지 않고 컨테이너하우스로 들어가버렸다. 신창술은 집에서 홀로 저녁을 먹고 텔레비전을 보다가 술을 마시러 나갔다. '노랑장미'라는 단골 술집이었다. 복권방을 하는 친구를 불러내서 마담과 셋이 밤늦도록 이런저런 이야기를 나눴다. 새벽에 옆집 사람이 전화해서 컨테이너하우스에 불이 났다고 신창술에게 알려주었다.

"부실한 놈. 불이 났는데 그걸 일어나서 못 나와? 장남이라고 어릴 때부터 엄마가 싸고돌아서 그렇지. 엄마가 모은 금이나 팔아 처먹고. 엄마한테 금을 한 가마니를 사줘도 모자랄 판에."

어릴 때부터 신인범은 아버지의 사랑을 이해하지 못했다고, 신창술이 말했다. 자식을 낳으면 알 줄 알았는데 신인범은 끝까지 모르고 죽었다는 것이다.

"얼마나 뜨거웠을지……."

신창술이 느닷없이 울먹였다. 소주를 들이켜고서 좀 진

정을 했다.

"예전에 아드님한테 맞은 적도 있다고 하던데?"

"뭐! 언놈이 그래!"

신창술의 고함이 『양철북』의 오스카처럼 식당 창문을 모두 박살 낼 것만 같았다.

"너, 이 새끼! 인범이가 뭘 어쨌다고!"

신창술이 자리에서 벌떡 일어서더니 내 멱살을 끌어올렸다. 식당 주인 남자가 다가왔다.

"개놈의 새끼가, 어디서 개소리를 하고 자빠졌어!"

고정하라는 주인 남자의 말은 말일 뿐이어서 내 멱살은 여전히 신창술한테 붙들려 있었다. 신창술이 주먹으로 날 쟀다. 거리뿐 아니라 책임도 쟀기 때문에 주먹은 나오지 못했다. 신창술의 입에서 호흡만으로도 침이 튀었다. 주인 남자가 신창술의 느슨해진 팔을 풀었다. 식당 사람들이 우리를 주목해서 나는 주인 남자가 시키는 대로 식당 밖으로 나올 수밖에 없었다. 음료수 박스가 쌓여 있는 곳에서 담배를 피웠다. 통유리 사이로 신창술의 뒷모습이 보였다. 신창술 옆에 만들어진, 몸집보다 작은 그림자는 초라해 보였다.

담배를 다 피우고 식당 안으로 들어갔다. 테이블에 소주병이 하나 더 놓여 있었다. 신창술의 어깨가 흔들렸다.

내가 자리에 앉자 신창술이 술을 한 잔 건넸다.

"인범이가 고등학생 때였어. 새벽에 갑자기 아픈 거라. 이놈이 눈이 뒤집히더니 몸을 부르르 떨지 뭐야. 왜 아픈 지 일자무식이 도통 알 수가 있나. 당장 죽는 줄만 알았지. 어떻게 하나 생각할 겨를도 없이 내가 인범이를 업고 밖으로 나와서 무조건 뛰었어. 새하얀 눈길이었거든? 눈이 엄청 내렸지. 집에서 읍내 병원까지 12리쯤 될까? 혼자서 그 새벽에 눈길을 걷기도 어려운데, 중간에 쉬지도 않고 죽어라 뛰었어. 마누라는 뒤에서 인범이를 받치고 덮어놓은 담요가 떨어질까 전전긍긍, 방정맞은 소리를 지껄여대면서 따라왔고. 인범이가 고등학교 때부터 통통했거든. 무거운지도 모르겠더라고. 중간에 한 번 넘어졌지. 병원 앞에서 마음을 놓았는지 또 넘어졌어. 그때 이후로 무릎이 좋질 않아. 그 전엔 어디 하나 아픈 데가 없었는데. 그땐 아무 생각도 못 했어. 이놈을 살려야 되겠구나, 그것밖에 없었지."

"무슨 병이었는데요?"

"급성 맹장."

신창술이 술을 들이켰다.

"내가 하루에도 몇 번씩 뉴스를 보는데 말이야. 얼마 전에 미국에서 한국 사람이 25년 만에 딸을 죽였다는 누

74

명을 벗었다고 나오더라고. 우울증인 딸을 기도원에 데려갔다가 벙컨가, 거기에서 자던 딸이 불에 타서 죽었다나. 벙커라는 게 뭐, 컨테이너 같은 거겠지."

미국 경찰은 짐을 싸서 나온 아버지의 얼굴이 무표정했다는 것을 중요한 근거로 들어 살인죄로 기소했다. 한국 남자의 표정을 이해하지 못한 문화적 괴리에서 비롯된, 백인이 아닌 이들의 진실보다는 행정 편의가 우선인 곳에서 벌어진 한심하기 짝이 없는 사건이었다.

"25년 만에 진실이 밝혀졌잖아. 날 의심하는 멍청한 놈들도 25년이 지나야 진실을 알게 될지도 모르지."

신창술이 또 갑자기 왈칵 눈물을 쏟기 시작했다. 눈물이 멈추지 않을 것 같은 신창술을 내버려두고 나는 밥집을 나왔다. 신창술은 처음엔 아들 욕하기에 여념이 없었다. 하지만 죽은 아들의 패륜적 태도를 타인이 언급하는 건 용납하지 않았다. 전형적인 가족 관계의 속성이다. 신창술은 첫 번째 용의자다. 경험상 첫 번째 용의자가 범인일 확률이 가장 높다.

태권도 도장이 있는 건물이 보였다. 건너편에는 노랑장미라는 술집이 있는데 간판이 주변보다 어두웠다. 10년 전쯤 만든 듯 빛바랜 검은색 바탕의 간판으로 한복

판에 상호명이 궁서체로 쓰여 있었다. 오른쪽 위에는 탈색된, 아마도 노란색이었을 장미 한 송이가 새겨져 있었다. 촌스럽기 짝이 없었다. 먹고사는 것만큼 촌스러운 게 또 없다는 듯.

술집에 들어서자 오십대 초반쯤으로 보이는 마담이 짜장면을 먹고 있었다. 손님은 없었다.

"어서 오셔요. 혼자, 오셨나? 이른 시간인데."

"술 마시러 온 게 아니고요. 뭐 좀 여쭤보려고요."

신창술은 19일 날 그의 말대로 밤늦도록 술을 마셨다고 했다. 그리고 불이 났다는 전화를 받고 술집을 나와 술자리에 동석했던 친구의 스쿠터를 타고 집으로 갔다. 신창술은 한 달에 한 번꼴로 노랑장미를 찾는다. 그날은 일주일 만이었다. 집에 온 아들과 싸웠으니 한 달이라는 주기를 깬 건 가능하다. 외롭게 사는 노인네가 호감 가질 만큼 마담은 매력적이었다. 마담도 신창술한테 호감이 있어 보였다. 두 사람이 알리바이를 조작하고 살인을 공모할 만한 관계일지는 잘 모르겠다.

"큰아들에 대해서 신창술 씨는 어떻게 생각했습니까?"

"창술 오라버니가 큰아들을 못 믿긴 했지. 그것도 좀 그래요. 제 딴엔 열심히 살아보려고 사업하다가 망한 건데, 이혼도 당하고. 알고 보면 불쌍하지. 큰아들 여편네란 여자도 그래, 사람이 같이 살다 보면 잘될 때도 있고 안될 때도 있는 거 아니겠어요? 그 여편네를 서너 번 본 것 같은데, 눈매가 매서운 게 여자 눈매가 아니야. 전생에 분명 장군이었을 거야. 여편네라는 게 원래 옆에 있는 사람이란 뜻이라는데, 늘 옆에 있어야지 망했다고 내치나. 내 죽은 서방도 포클레인 기사였는데 1억을 들여서 포클레인 장만하고 한 달 만에 사고가 났잖아. 병신이 됐는데 죽을 때까지 내가 돌봤지. 그래서 술까지 팔게 됐고. 그때 다 버리고 오라는 남자한테 갔으면 팔자가 폈을 텐데. 장한평에서 중고차 사업을 크게 하는 사람이었는데, 생각하면 아까워. 내 팔자지, 뭐. 사모님 소리 들으면서 살 수 있었는데……."

중국집 사장이라는 사람이 가게로 들어와 그릇을 수거했다.

"저 때문에 못 드셨죠?"

"원래 많이 안 먹어. 내 몸매가 괜히 이런 줄 알아요?"

마담이 부엌으로 들어가서 지갑과 계산기를 가지고 나왔다. 오늘 것만 내는 게 아니라 한꺼번에 계산하느라 장부를 보며 계산기를 두드렸다.

"한꺼번에 주시네요?"

"개시도 안 했는데 돈부터 나가면 재수 옴 붙을까 봐

평소에는 외상 하잖아."

아버지는 계산기를 두드린 사람이었다. 어머니는 언제나 공평했다. 내 편이면서 형의 편이었다. 아버지는 형의 편이기만 했다. 어머니와 달리 무조건적이지 못한 아버지로부터 나는 인정을 받으려 애쓰기도 했다. 아버지의 기준에 부합하는 건 언제나 형이었다. 형의 능력이 곧 아버지의 기준이 되었다. 늘 1등만 하던 형이 한번은 3등을 했다. 아버지는 살면서 3등쯤은 할 수도 있다며 3등 아래로는 '볼 장 다 본' 거라고 선을 그었다. 죽을 때까지 아버지는 날 인정하지 않았다. 나도 머리가 크고서는 인정받고 싶지 않았다. 아버지에게 날 위한 기준은 없었다.

화장실에서 이를 닦고 돌아온 마담이 내 앞에 앉아 커피를 마셨다. 내게도 한 잔 건넸다. 흘러내리는 앞머리를 손가락으로 쓸었다. 누구 앞에서라도 항상 최선의 몸가짐을 유지하려는 습관이 배어 있었다.

"커피는 이를 닦고 마셔야 제맛이야."

마담은 웃지 않을 땐 〈붉은 결혼식〉에서 공허를 욕망하는 스테판 오드랑의 표정이 나왔다.

"신창술 씨가 신인범을 죽였다는 소문도 있던데?"

마담이 커피를 내려놓고 엄지와 검지로 립스틱을 아슬아슬하게 피해서 입가를 닦아냈다.

"어디 가서 그런 말 하면 안 돼요. 내가 소싯적에 신기가 좀 있었거든. 내림굿도 받았고. 지랄맞은 팔자지. 우리 할머니가 그랬다는데 한 대를 걸러서 나한테 온 거라. 내 딸은 또 멀쩡해요. 손녀들이 걱정이지. 그래서 사람을 보면 알아요. 창술 오라버니랑 좀 가까이 지내는데, 뭐 그렇다고 배 맞추는 관계는 아니에요, 호호호. 사람 죽일 사람 같으면 내가 가까이 지내지도 않지. 연속극 보면서 우는 남자가 아들을 죽인다고? 그런 인간들은 애초 기운이 달라. 장군님이 사람을 보여주셔. 젊은 남자들은 그런 거 잘 안 믿죠?"

사람이 사람을 어떻게 알 수 있겠나.

"문제는 창술 오라버니 큰아들한테 있어."

"네?"

"내가 한 5년 전에 창술 오라버니한테 그 얘기를 했었어. 심장이 불이고 신장이 물이거든. 큰아들이 보니까 심장이 너무 뜨거운 사람이야. 결국 불에 타 죽고 말았잖아."

"그날 손님이 많았습니까?"

"우리 셋만 있었어요. 그날 감기 기운이 있어서 일찍 문 닫으려고 했는데 창술 오라버니가 들어온 거야. 오라버니 얼굴이 안 좋더라고. 우리는 또, 내가 아무리 힘들어도 사람 얼굴이 안 좋으면 거절을 못 하잖아, 호호호.
다른 손님은 받기 귀찮고 해서 문을 닫아걸고 우리끼리
조니워커 한 병 땄지."

"그럼 세 분이 술 마신 걸 본 사람이 없는 거네요?"

"시간 낭비하지 말고 그 아드님 공장에서 일하던 직원
들이나 조사해보서요."

"직원들이요?"

"밀린 월급도 있고, 라면 만드는데 무슨 비밀을 가지고
나갔다던데?"

"경찰이 조사를 안 했나 보죠?"

"거기까진 난 모르고."

"그때 같이 술 드시던 또 한 분은 어디 사세요?"

복권방에 들어가서 로또 용지를 뽑아 평소 내가 미는
번호 세 개를 마킹했다. 아주머니 한 명이 나갔다.

"사장님, 번호 세 개만 추천해주세요."

텔레비전을 보고 있던 국덕영이 돋보기 위로 날 빤히
쳐다봤다. 나는 돈과 용지를 내고 복권을 받은 후 나에
대해 설명하고 명함을 건넸다.

"19일 날, 노랑장미에서 늦게까지 술 드셨죠? 그때 술
마시다가 무슨 말씀들을 나누셨어요?"

국덕영이 거스름돈을 든 채 코를 만졌다.

"사실만 말씀해주시면 됩니다."

갑자기 국덕영이 밖으로 나가 신호등 앞에 섰다. 내가 가까이 가자 빨간불인데도 건너려고 해서 나는 국덕영의 팔을 붙잡았다.

"왜 이래!"

나는 팔을 놓았다. 차가 많이 다니지 않아 국덕영은 별 탈 없이 횡단보도를 건넜다. 나는 국덕영을 쫓았고 국덕영은 날 피해 몇 블록을 지나 읍사무소 정문에 있는 국기봉 앞에서 서성였다. 마음을 다잡는 의식 같았다. 그러고는 복권방으로 돌아왔다. 나는 구석에 앉아서 국덕영이 진정할 때까지 기다렸다. 반시간 동안 손님은 없었다. 가게에서 나를 내쫓아도 되는데 국덕영은 괴로운 표정만 지었다.

"사장님, 그날 무슨 일이 있었는지 말씀해주시면 바로 갈게요. 저도 바쁩니다."

국덕영이 머리를 마구 긁적였다. 텔레비전 소리를 높였다. 한참 동안 복권 용지를 정리하더니 자리로 돌아와 볼륨을 줄였다.

"어릴 때부터 빨가벗고 멱 감고 그랬는데. 신가가 원래 불알이 커. 목소리도 커."

"불이 났다고 전화가 왔었다던데요?"

"내 스쿠터 타고 갔어. 스쿠터를 안 가져다줘서 내가 동생 트럭에다 싣고 가져왔어. 스쿠터가 고장 났어. 아들 죽은 사람한테 물어내랄 수도 없고. 신가 아들이 죽어가지고 내가 손해가 이만저만이 아니야. 나는 개한테 욕 한 번 한 적 없는데."

"신인범은 어떤 사람이었습니까?"

"인사를 잘 해."

국덕영이 또 갑자기 텔레비전을 멍하니 보았다. 다큐멘터리에서 몽골의 드넓은 초원이 펼쳐졌다. 말을 타고 달리는 몽골인의 모습을 좇아 카메라도 함께 달렸다. 국덕영이 초원에서 돌아왔다.

"그날 술은 누가 마시자고 했습니까?"

"신가가 전화했어."

"자주 그러십니까?"

"어릴 때부터 여자들은 날 안 좋아해. 신가만 좋아해."

"신가 어르신이 자주 전화를 해서 술을 마시자고 합니까?"

"신가는 혼자서도 잘 마셔. 노랑장미하고 죽이 잘 맞아. 셋이 있으면 난 외톨이야. 구두쇠가 사겠다는데 술을 어찌 마다하겠어."

"그날 같이 술 마시면서 무슨 말을 하셨습니까?"

"술 마셨어."

"말씀도 하셨잖아요."

"소를 백 마리 사겠대. 축사도 크게 짓고. 소가 좋대. 소를 좋아해. 소가 우는 소리도 좋고 여물을 주면 받아먹으려고 입을 내미는 것도 좋대. 소가 거짓말을 안 해서 좋고. 나는 소가 싫어. 무서워."

나는 양해를 구하고 국덕영의 휴대폰 통화 목록을 보았다. 국덕영은 상대가 자신의 통화 목록을 보는 게 기분 나쁜 일인지 모르는 것 같았다. 19일 날 20시 15분에 신창술한테 전화 온 기록이 남았다.

나는 20일 새벽에 신창술이 스쿠터를 타고 갔다는 길을 걸었다. 순대국밥을 파는 집의 출입문 옆에 플래카드가 걸렸다. '어려운 경제를 위해 저렴하게 원조 맛 그대로 10년 전 원조 가격 그대로 드립니다.' 순대국밥집 입구에 CCTV가 설치되었는데 방향이 도로를 향했다. 확인해보기 위해 국밥집 안으로 들어갔다. 주인은 분주했다. 나는 하는 수 없이 순대국밥을 시켜서 먹었다.

아직 조선시대가 끝나지 않은 사람에게 아들한테 맞은 사건은 치욕일 것이다. 19일 날 신창술과 신인범이 싸운 일은 애초 없었던 게 아닐까. 그날 가게 문은 닫혔다. 가게 안에 아무도 없었을 수도 있다. 19일 날 신창술이 술집에 없었다면? 신창술이 알리바이를 만들기 위해 국덕영에게 전화를 건다. 마담과 알리바이를 만들라고 지시한다. 국덕영이 노랑장미로 간다. 신창술은 그 시간에 신인범을 죽인다. 신창술이 노랑장미에 왔는지 확인이 안 된다면 그가 유력하다.

주인이 한가해졌다. 나는 서둘러 식사를 마쳤다.

"맛이 좋은데 경제가 어려워서 제값을 못 받으시네요."

내가 계산하며 말했다. 주인이 웃었다.

"고맙습니다. 처음 뵙는 분이신데?"

"혹시 20일 날 새벽 CCTV 좀 볼 수 있을까요?"

20일 새벽 4시 15분에 스쿠터가 지나가는 게 보였다. 스쿠터가 가로등 앞을 지날 때 화면을 정지했다. 마담이 증언한 대로 파란색 패딩 점퍼를 입은 신창술이었다. 20일 새벽 3시 55분에 119에 화재 신고가 들어왔다. 10분 후에 신창술이 스쿠터를 타고 집으로 향했다. 내가 처음부터 잘 풀린 사건을 만나본 적이 있던가.

고구마면

커피숍에서 기다리는데 싸우는 소리가 났다. 창가 테이블에서 두 남자가 목소리를 높이며 언쟁을 벌였다. 한 남자는 주변 눈치를 보며 진정하자고 하면서도 그 또한 자신의 말을 포기하지 않았다.

둘러보니 커피숍 안에 있는 사람들은 모두 하고 싶은 말이 많아 보였다. 나는 결혼하고서 내 말을 내 편에서 들어줄 사람이 생겼다는 게 좋았다. X는 나보다 몇 배의 말을 쏟아내면서도 제발 자신의 말을 들어보라고 아우성쳤다. 우리는 8년간 각자의 말만 했지 대화를 못 했다. 각자의 삶만 살았기 때문이었다.

양미정한테서 늦을 것 같다는 연락이 왔다. 그래서 설렁탕을 먹고 다시 커피숍으로 돌아왔다. 마늘 설렁탕을 먹었더니 알싸한 냄새가 입 안에 맴돌았다. 커피에 위스키를 섞자 맛이 일품이었다.

약속 시간보다 한 시간 늦게 양미정이 들어왔다. 허리라인이 강조된 남색 재킷 안에 갈색 남방과 유행을 타지 않는 청바지를 입었다. 여성스러움이 돋보이지는 않지만 다시 보면 불현듯 여자라고 말하고 있는 차림새였다.

"너무 죄송해요."

양미정은 회사에 일이 생겼다는 변명을 장황하게 늘어놓으려 했다.

"커피 한잔 드셔야죠?"

"커피보다 케이크 좀 먹을게요."

양미정이 케이크를 먹는 동안 나는 찾아온 목적을 설명했다. 양미정은 신인범이 운영하던 공장의 경리였다. 스피커에서 다프트 펑크(Daft Punk)의 〈Oh Yeah〉가 흘러나왔다.

"공장은 왜 잘 안된 걸까요?"

"저, 핫초코 하나만 먹어도 돼요?"

핫초코를 가져오자 양미정은 뻐드렁니가 보이도록 웃었다. 작은 것에 행복해하는 여자라면 양미정의 남편은 자신의 능력에 대한 자책감이 덜 들 것이다. X와 보낸 8년은 내 능력에 비해 더 큰 자책감에 버거워해야 하는 시간이었다. 끼리끼리 만나야 한다는 어머니의 말을 들었어야 했다.

"원래 사장님이 추진하신 '고구마면'이 비전이 있었어요. 그러니까 은행도 돈을 빌려준 거고. 은행이 중소기업한테 얼마나 고깝게 구는지 아세요? 지들 돈도 아니면서 얼마나 같잖은지. 남의 돈으로 고리대금이나 하는 주제에 목에 깁스는 해가지고. 저축은행은 완전 사채업자고요. 사장님이 은행에 돈 빌리러 갔더니 다음 미팅 때는 정장을 입고 오래요. 정장이나 입고 다니는 사람들이 일을 열심히 할 수 있겠어요? 필드에서 뛰는데 무슨, 정장 같은 소리나 하고 있는 게 은행이에요."

편의점에 공급하던 즉석 파스타가 히트를 치자 신인범은 새로운 영역에 도전했다. 5년이나 노력을 기울여 고구마로 만든 라면을 생산하는 데 성공해서 천신만고 끝에 대출을 받았다. 은행한테 고구마면의 가능성을 인정받기 위해서 뼛골 빠지도록 뛰어다녔다. 로비 자금으로 들어간 돈도 꽤 됐다. 신인범이 고구마면을 시장에 출시하기 직전에 대기업 '초농'에서 '고구면'을 생산한다는 소문이 남동공단 안에 파다하게 돌았다. 신인범은 즉시 특허를 신청했다. 하지만 초농은 일본에서 이미 유사한 방법으로 고구마를 넣은 식품을 생산하고 있기 때문에 고구마면은 특허 대상이 될 수 없다며 정보 제출서 형태로 특허청에 제출했다. 신인범은 초농의 도둑질에 맞서기 위해 최선을 다했다. 그런데 중소기업이 대기업을 상대로 특허권을 침해당했다고 소송을 내서 승소할 확률이 한국에서는 5분의 1이라고 했다. 주로 대기업의 손을 들어준다는 것이다.

양미정이 물었다.

"법원은 왜 그런 걸까요?"

"한통속이니까요. 과부 사정은 홀아비가 아는 거고."

양미정이 입가에 묻은 핫초코를 닦았다.

"사장님은 파이터예요."

신인범은 초농과 끝까지 싸우려 했다. 해외시장을 선점하려 베트남, 일본, 중국을 돌았지만 성과를 내지 못했다. 신인범은 직원들한테 성과만 낸다면 무엇이든 회사 비용으로 해도 좋다고 강조했다. 신인범은 수없는 실패 끝에 겨우 고구마로 라면을 만드는 데 성공했고 초농은 숟가락만 얹었다. 초농이 고구면 생산을 시작하자마자 은행은 더 이상 신인범을 기다려주지 않았다. 신인범은 포기할 수 없었다. 오랫동안 함께 기술개발을 진행했던 양 부장이 의심스러웠다. 개발 자료를 복사해서 초농으로 가지고 들어갔을 거라는 게 신인범을 비롯한 공장 사람들

의 추측이었다. 양 부장이 공장을 그만둔 게 초농이 고구
면 생산을 시작하기 반년 전이었다. 신인범이 경찰에 수
사를 의뢰했다. 초농의 고구면이 시장에서 자리잡기를
기다리려는지 경찰의 수사는 더뎠다. 신인범은 스스로
양 부장과 초농의 커넥션을 밝히려 노력했지만 아무도
협조해주지 않았고 오히려 방해를 받았다. 결국 자금 압
박에 시달리던 신인범은 초농에 찾아가 공장이라도 인
수해달라고 요구했다. 초농은 신인범의 제안을 받아들이
지 않았다.

"씨를 말리려는 거죠."

"인수하면 자신들의 고구면 개발 및 출시가 신인범과
연관이 있다는 걸 인정하는 꼴이 되잖아요."

양미정이 내 말을 곱씹는 듯 입을 오물거렸다.

"그러네요."

"너무 달아서 맛이 이상할 거 같은데, 고구마로 라면을
만든 이유는 뭘까요?"

"고구마에는 탄수화물, 칼슘, 칼륨, 인, 조섬유, 비타민
A의 전구체인 베타카로틴과 비타민 C와 소량의 지방과
비타민 B2 등이 들어 있어요. 한방에서는 고구마가 비장
과 위를 튼튼히 하고 혈액을 편안하고 따뜻하게 하며 음
주 후 설사, 어린이 영양 부족과 만성 소화 불량에 좋다

고 해요. 사장님 아이들과 싸모가 라면을 좋아하고 싸모
는 또 변비로 오랫동안 고생을 하고 있어서 사장님이 고
구마를 파고들었던 거고요. 감자를 신이 내린 선물이라
고 하는데 그보다 더 좋은 게 고구마래요. 감자가 예수님
이 내려준 거라면 고구마는 부처님이 내려준 거라는 말
이죠."

"너무 달지 않을까요?"

"스프가 매워서 단맛이 별로 느껴지지 않아요."

시장엔 고구면만 있다. 고구마면은 맛볼 수 없다. 신인
범의 사활을 건 노력이 세상에 남아 있지 않은 것이다.

"먹어보셨어요?"

"수도 없이 먹어봤죠. 아무리 먹어도 질리지 않았어요."

여러 명의 일행이 소란스럽게 들어와 자리를 잡았다.

"싸모도 그래요. 싸가지가 없어 싸모지, 뭐. 사장님 혼
자서 잘 먹고 잘 살자고 한 것도 아닌데."

신인범은 업무를 보면서 통화하는 경우가 많아 휴대
폰 스피커를 켜는 게 습관이었다. 양미정은 열린 문틈으
로 사장 부부가 하는 통화를 엿들었다. "나 모르게 또 뭐
시작하기만 해봐. 일단 가만히 있어." 신인범은 한숨만
쉴 뿐이었다. "아니, 가만있지 말고 여기저기 앵벌이라도
해봐. 할 수 있는 데까지. 어쩔 거야! 어떻게든 해 보란 말

92

이야! 죽을 거야? 우리 다 죽을까? 라면 만드는 데 왜 그렇게 돈이 많이 들어간 거야. 사업한답시고 룸살롱이나 뻔질나게 들락거린 거 아니야?"

신인범이 룸살롱을 드나든 건 사실이었다.

"사업하는 남자가 안 갈 수 있겠어요? 은행 지점장하고도 가고 산자부 무슨 과장하고도 가고. 중소기업 피 빨아먹는 놈들한테 배스킨라빈스에서 아이스크림을 빨게 할 수 없잖아요."

사모의 만류에도 불구하고 신인범은 특허 싸움까지 갔다. 결국 특허청은 초농의 손을 들어주었다. "양, 너도 양씨라고 양처럼 순하게 살지 마. 새치기당하지 말든가 새치기를 하든가." 양미정이 신인범을 마지막으로 본 날 그가 한 말이었다.

양미정이 커피를 마셨다. 언젠가 공장의 미래가 희망적일 때 사장과 경리가 커피를 마시며 서로에 대한 신뢰를 나눈 적이 있었으리라. 양미정은 그 신뢰감을 아직 깊숙이 간직하고 있는 것 같았다. 자신에게 한번 들어온 것은 쉽게 내보내지 않는 사람 같았다. 이런 사람들은 겉으로 보이는 현실보다 내면에서 만든 아름다운 현실을 믿게 마련이다.

"양 부장이 제일 나쁜 놈이죠. 같은 양씨라는 게. 아, 송

충이 같은 놈."

"양미정 씨도 사장님한테 못 받은 돈이 있습니까?"

"우리 엄마가 아플 때도 사장님이 병원비 쓰라고 2백만 원이나 보태주시고, 결혼할 때는 장롱도 해주셨어요."

"밀린 월급을 받으려고 했던 직원도 있었겠죠?"

"오 과장이 그랬죠, 의리 없이. 내가 세상에서 제일 싫어하는 인간이 자기가 먼저 밥 먹자고 해놓고 더치페이 하자는 인간이거든요. 오 과장이 그래요. 자기는 개인주의자라나. 타인에게 피해를 주면 안 된다고. 전철역에서 나오다가 전단지 주는 사람들을 경멸해요. 왜 자기가 먹고살려고 남의 시간을 빼앗느냐고. 지난주에 오 과장한테 연락이 왔는데 일자리 좀 알아봐줄 수 없느냐고 하더라고요. 왜 자기가 먹고살려고 남의 일자리를 빼앗으려는지. 마음을 그렇게 쓰는데 일자리가 나오겠어? 있어도 없지."

"오 과장은 얼마나 못 받았나요?"

"5백쯤 될 거예요."

5백 때문에 컨테이너하우스에 불을 내거나 신인범을 죽이진 않았을 것이다.

"양 부장은 지금 어디에 있을까요?"

"'그린베이커리'에서 종 노릇 한대요."

그린베이커리는 초농 회장의 둘째 아들이 만든 회사다. 공격적인 투자로 전국에 매장 수가 천5백여 개에 달하는 베이커리 프랜차이즈다. '돈으로 밀어붙인' 덕에 설립 4년 만에 업계에서 제법 손꼽히는 회사가 되었다. 양 부장이 고구마라면 프로젝트를 들고 초농에 전달한 대가로 그린베이커리에 이사직으로 갔다는 게 양미정을 비롯한 '생각할 줄 아는 사람들'의 추론이었다.

"신인범 씨는 건강한 편이었을까요?"

"네. 밤새우는 날도 많았는데 끄떡없었어요."

"추위를 많이 탔을까요?"

"겨울에도 공장을 둘러보고 오시면 잠바를 벗고 일하셨어요."

신창술은 신인범이 추위를 탔다고 말했다. 사실 그대로 보지 못했거나 진실을 감추기 위해 의도적으로 거짓말을 하는 것이다.

나는 양 부장의 이름과 연락처를 물었다. 양재오. 그린베이커리 기획 개발팀 총괄 이사.

"신인범 씨는 어떤 사람이었을까요?"

"엄청 계획적인 사람이에요. 워크숍 갈 때도 사장님이 다 준비해요. 숙소부터 맛집까지."

"다른 사람을 안 믿나요?"

"사장님은 원래 자기가 계획하고 알아보고, 이런 걸 좋아하세요. 그리고 한번 일을 시키면 믿고 맡기는 스타일이에요. 그래야 능률이 오른다고."

"혹시, 신인범 씨하고, 좀……?"

"뭐요?"

"두 분이……."

"두 분이 뭐?"

"아닙니다."

"그렇고 그런 사이였냐고요?"

"아니, 뭐 꼭……."

"남자들은 참 단순해요. 제 신랑을 소개해준 사람이 사장님이거든요. 제가 여섯 군데 정도 회사를 다녀봤는데, 우리 사장님 같은 사람은 없었어요. 단언컨대 인간적이에요. 그런 사장님한테 호감을 안 가질 수 있겠어요? 직장 생활 하면서 품격 있는 상사를 본 게 처음이자 마지막인데? 다른 여직원들도 다 좋아했어요. 남직원들도 잘 따랐고. 그래도 뭐, 신인범 사장님한테 인간적인 호감 이상은 아니었어요. 사장은 사장이고 경리는 경리니까. 산은 산이고 물은 물 같은 거죠."

산과 물이 만나는 곳이 명당이다.

"사장님이 아버지에 대해서는 뭐라고 말을 한 게 없을

까요?"

"특별히 뭐⋯⋯."

양미정의 휴대폰이 울렸다. 양미정이 전화를 받으러 흡연실로 들어갔다. 나도 한 대 피우고 싶었지만 양미정이 불편해할 것 같아서 참았다. 화장실에 갔다 오다가 흡연실을 쳐다봤다. 양미정은 벽에 기대서서 담배를 피웠다. 시선은 나와 앉아 있던 자리 쪽에 두었다. 대화할 때의 발랄하고 밝은 모습이 아니었다. 에드워드 호퍼의 〈뉴욕 극장〉에서 영화는 보지 않고 계단 옆에 서 있는 여인의, 오지 않는 누군가를 기다리는 쓸쓸함이 느껴졌다. 담배 연기가 폐를 지나 그리움의 공간까지 들어갔다 나오는 것 같았다.

양미정이 신인범을 죽였을까?

두 사람이 바람이 난다. 양미정은 신인범한테 이혼할 것을 부추긴다. 신인범은 기다려달라고 한다. 사업이 무너지자 신인범이 이혼을 당한다. 양미정은 이제 두 사람이 함께 살 수 있는 기회가 온 것을 기뻐하고 자신도 이혼을 준비한다. 신인범은 사업을 다시 일으켜서 잃었던 가정을 되찾으려 한다. 양미정은 배신감에 치를 떤다.

양미정이 자리로 와서 앉았다.

"이제 그만 갈래요. 애 유아원도 들러야 하고."

한강이 내려다보이는 그린베이커리 사무실엔 양 이사
가 없었다.

"지금 출장 중이신데 며칠 안에 오실 겁니다."

"출장은 왜 가셨을까요?"

"회사 업무차 가셨죠."

"이사급으로 좀 만날 수 있을까요?"

"왜 그러시는데요?"

내가 명함을 건넸다.

"회사 비리가 포착돼서."

나는 홍보 이사실로 안내되었다. 창밖에 한남대교가
한눈에 들어왔다. 내 소개를 한 후 신인범의 화재사건에
대해 설명했다.

"그게 우리 회사의 비리라고요?"

"이야기는 천천히 나옵니다. 우선, 양 이사님이 무슨 일
로 해외 출장을 갔을까요?"

"네덜란드에 시장조사를 하러 간 겁니다. 조만간 네덜
란드 빵이 시리즈로 나올 예정이죠."

"원래 계획된 출장인가요?"

"그렇죠."

"증명하실 수 있습니까?"

홍보 이사가 만년필 뚜껑을 닫았다.

"지금 내가 무슨 용의자가 돼서 취조를 받고 있는 것 같네요. 살면서 경찰서 한 번 가본 적 없는 사람인데, 참."

홍보 이사는 소리를 내며 커피를 마셨다. 내게 사과받고 싶어 하는 것 같았지만 나는 그럴 생각이 없었다.

"두 달쯤 됐나. 간부 회의에서 결정이 됐고, 당연히 기획 개발팀 이사가 네덜란드 현지에 가는 게 맞는 거고."

"그때 작성된 회의록을 볼 수 있습니까? 물론 전 눈으로만 확인할 거고요."

홍보 이사가 웃었다. 웃음소리가 의뭉스러웠다.

"양 이사가 그 사람을 죽이기라도 했다는 말인가요?"

"지금 저한테 보여주시는 게 여러모로 번거롭지 않은 일이 될 수 있죠. 경찰은 신빙성 높은 제보가 들어오면 수사를 해야 하니까요. 수사 과정에서 회사 이름이 외부에 노출될 수도 있고."

사무실에 갇힌 사람들한테는 온도를 최대한 차갑게 낮춰서 사무적으로 이야기를 해야 말을 알아듣게 마련이다.

"만약 양 이사가 살인범이라면 회사가 공범이라도 된다는 말인가요?"

"초동 입장에서도 신인범이 골칫거리였겠죠. 서로 소송 중에 있기도 했고. 지금 바로 보여주시면 상관없겠지만 제가 떠난 이후에 경찰한테 제출하시면 조작의 가능성이 높은 거고요."

"경찰하고 압수수색영장을 가지고 오세요. 얼마든지 보여드릴 테니까. 기업의 비밀은 외부 사람한테 함부로 보여주는 게 아닙니다."

홍보 이사가 뭘 숨기고 있는 것 같지는 않아 보였다. 양 이사는 가족이 영국에 있어서 거기 들렀다 오고 싶어 하겠지만 이번 주 금요일에 중역들이 모이는 중요한 회의가 있어서 그 안에 올 거라고 했다. 사흘 남았다.

"일을 못하는 사람한테 네덜란드까지 출장을 보내진 않겠죠."

"뭐, 그렇다고 해두죠."

홍보 이사는 다른 말을 하고 싶었던 것 같았다. 못 한다면 대신할 수밖에.

"솔직히, 낙하산 인사 아닌가요? 이사님도 이 자리까지 쉽게 오진 않으셨을 텐데."

"편한 대로 생각하세요."

내가 자리에서 일어났다.

"바게트 새로 나왔는데 한번 드셔보세요. 빵을 좋아하시나 모르겠네. 어쨌든 손님이니까 나가시면서 빵 좀 가져가세요. 비서한테 말해놓을 테니까."

"빵으로 삼시 세끼를 먹을 수도 있죠. 하지만 사양하겠

습니다. 그린베이커리에서 만든 빵에는 피 냄새가 날 것
같아서 별로……."

나는 밖으로 나왔다. 직원들 모두가 바빠서 누구 하나
사람이 죽은 사건에 대해 관심을 가질 여유가 없어 보였
다. 신인범의 고구마면을 가로채면서 초농은 개발비를
줄였으니 꽤나 이익을 얻었을 것이다. 네덜란드에 있는
양 이사한테 기자가 왔었다는 이야기가 들어갈 것이고
그가 어떤 핑계를 대든 귀국 날짜를 미룬다면 유력한 용
의자가 되는 것이다.

오피스텔을 향해 운전을 했다. 스피커에서 〈Do It Again〉
이 재생되었다. 메탈리카(Metallica)가 리믹스를 해달라고
제안한 적이 있었는데 이를 거절했다는 케미컬 브라더스
(Chemical Brothers)의 자신감이 흥겨웠다. 휴대폰이 진동했
다. 모르는 번호였다.

"누구십니까?"

"나다."

나는 스피커의 볼륨을 낮췄다.

"누군지 알겠냐?"

"웬일이야?"

"짜식, 나이를 먹어도 여전하네, 쌀쌀맞은 게."

렉서스가 내 차선으로 끼어들었다. 있는 힘껏 경적을

눌렀다. 운전하다 보면 종종 당하기도 하고 때때로 가하기도 하는 평범한 끼어들기였다.

"운전 중이냐?"

"외제 타는 새끼들은 건방져서 말이야. 용건이 뭐야?"

렉서스가 비상 깜박이를 켜서 미안하다는 표시를 했다. 다시 한번 경적을 강하게 울렸다.

"한국 들어왔어."

"그런데?"

"우리…… 한번 만나야 되지 않겠냐?"

노란불에서 빨간불로 변했고 직진하려다 단속 카메라가 보여 차를 멈췄다. 내 차만 정지선을 넘었다. 렉서스는 신호에 걸리지 않고 직진했다.

"그럴 필요가 있을까?"

"새삼스럽지만 마지막이 될 수도 있어."

"마지막은 이미 오래전이잖아."

휴대폰 너머에서 깊은 한숨 소리가 들려왔다.

"한국엔 잠깐 다녀가는 건데……."

몇 년 전에도 잠깐 다녀갔다는 말을 우연히 만난 사촌 동생한테 전해 들었다.

"그래. 너가 아니라면 할 수 없지. 잘 지내라."

형이 전화를 끊었다. 영민이 말고 아직도 세상에 남아

있는 내 유일한 피붙이. 자기가 먼저 전화했으면서 끝까지 폼을 잡는다. 숙여본 적이 없는 사람이다. 우리 집 남자들은 누구 하나 예외 없이 어머니 말씀대로 '멋대가리가 없'다. 더 나이프(The Knife)의 〈Full Of Fire〉가 날 잡아당겼다. 드럼 소리가 늘 그렇지만 특히 이 음악의 드럼 연주는 내 심장에 대고 두드리는 것 같다. 딱 한 대만이라도 대마를 피우고 싶었다.

집에 와서 짬뽕 라면을 두 개 삶아 코냑과 먹었다. 케이블에서 세계 3대 진미를 소개했다. 캐비어, 푸아그라, 송로버섯? 심사위원들이 짬뽕 라면에 코냑을 먹어보지 못해서 그런 결과가 나온 것이다. 고구면을 사 오긴 했지만 국물에서 신인범의 피와 뼈 냄새가 날 것 같아 끓여 먹지 않을 것 같다.

또 한 명의 보험 수익자는 신인범의 남동생, 신인학이다.

망조 클럽

물류 창고 왼편에 달린 고동색 쪽문은 힘 좋은 남자가 마음먹고 발로 차면 떨어질 것 같았다. 도로 건너편, 골프 연습장에서는 대낮인데도 쉴 새 없이 골프공이 그물을 갈랐다. 나는 골프 연습장 앞에 차를 세우고 기다렸다. 2시 반이 되자 물류 창고 쪽문에서 두 남자가 걸어 나왔다. 앞문에선 대형 트럭들이 들락날락거렸다. 무슨 이야기를 하는지 두 남자의 입가에 연신 미소가 돌았다. 나란히 걷던 두 남자가 헤어졌다.

신인학이 뒷좌석에 타려 했다.

"앞으로 타주시면 고맙겠습니다."

신인학이 뒷문을 닫고 앞에 탔다. 보아하니 덩치가 좋고 키도 제법 컸다. 눈매도 부리부리한 게 주먹을 쓰지 않고도 상대를 제압할 만했다. 내가 명함을 건넸다. 신인학을 만나기 위해 삼고초려를 했다. 처음 전화를 걸었을 때 기자라고 하자 '헛소리나 지껄이는 사람'이 왜 자기를 찾느냐며 거절했다. 두 번째는 받지 않았다. 세 번째 전화했을 때 새벽에 일을 나가야 하기 때문에 밤 10시가 되면 휴대폰을 꺼놓고 잔다고 했다. "정 기사 쓸 게 없으면 내 아들 유치원 이야기나 써주시든가. 유치원에서 밥을 어떻게 주는지 애가 집에 오면 자꾸 설사를 하거든. 쫓아가서 CCTV라도 보고 싶지만 그러면 또 내 새끼한테 불이익이 돌아올까 봐 이러지도 저러지도 못하고. 그런 거, 알아요?" 나는 인터뷰에 응해주면 그 유치원도 조사해보겠다고 공수표를 날렸다. "자꾸 이렇게 귀찮게 할 거면 그냥 봅시다. 그런데 뭘 취재하겠다는 거요?" 나는 현재 '중소기업을 삼키는 대기업의 횡포'라는 기획 기사를 쓰고 있는데 고구면에 관한 소문을 듣고 자세히 취재하는 중이라고 말했다. 신인학은 자기가 다니는 물류 창고로 와서 집까지 데려다주면 차 안에서 취재에 응하겠다고, 공주병 걸린 남자처럼 말했다.

유턴 신호를 받아서 돌았다.

"무슨 조사를 하시려나?"

"경찰도 아닌데 무슨 조사를 하겠습니까? 그냥 취재하

는 겁니다."

"아버지한테 찾아갔던 기자 아닌가?"

"맞습니다."

"대기업 횡포 어쩌고 하면서 왜 형 죽은 걸 물어본 거요?"

"양 이사란 사람이 형님을 죽였을 수도 있을 것 같아서 물어본 거죠."

"양 부장, 개새끼…… 뭐, 그렇다 해도 컨테이너는 그냥 불이 난 거지, 설마 양 부장이 죽인 건 아니겠지. 어떻게 그럴 수 있겠어."

신인학이 눈을 감았다.

"피곤하신가 보네요."

"말해요. 눈만 감고 있는 거니까."

"출출하지 않으세요?"

신인학이 눈을 뜨고 담배를 물었다. 허락 따위는 구하지 않겠다는 듯 차창을 조금 내리고 담배를 피우려 했다.

"금연입니다."

"뭐 먹으러 갈 거요?"

"뭘 좋아하세요?"

"우동."

신인학이 왼손 검지로 귀를 파더니 씩 웃었다.

"저 앞에 사거리에서 유턴하시고, 가만있자……."

일본식 우동집에서 우동을 두 그릇 시켰다. 신인학이 하나는 곱빼기로 달라면서 아사히 생맥주도 한 잔 시켰다. 나도 한 잔 주문했다.

"운전하셔야지."

신인학이 내 주문을 취소했다.

"여기 국물이 진짜 끝내줘요. 밥때 오면 줄 서야 되는 덴데."

신인학의 얼굴에 흥이 돋았다.

"형님하고는 친하셨나요?"

"의리가 좋은 형제였지. 이젠 과거가 돼버렸네, 씨발. 그쪽도 형이 있으시려나?"

"노르웨이로 이민 간 후에 월드컵을 두 번이나 했어요."

"뭐 하러 노르웨이까지 갔대?"

"원래 연어를 좋아하는 사람이라서? 아니면 노르웨이의 민주주의 지수가 세계 최고라니까 민주주의를 찾아 떠난 걸 수도 있고."

"운동권, 뭐 그런 거였나?"

"그 반대였죠."

"그런데, 왜?"

"원래 열매는 엉뚱한 사람이 따 먹는 거니까."

110

신인학이 맥주를 마셨다.

"아버님하고는 별로 안 좋았다고요?"

"나랑 아버지랑?"

"형님이랑 아버님이랑."

"뭐……."

"왜 그랬을까요?"

"장남이니까."

"기대에 부응을 못 했나 보죠? 형님이 아버님을 때렸다는 말도 있던데."

"어떤 새끼가 그런 미친 개소리를 해! 누가?"

같은 말에 대한 같은 반응 그리고 같은 표정으로 볼 때 신창술과 신인학은 같은 짓을 했을지도 모른다.

"그런 일 없었어. 우리 형이 그럴 사람이 절대 아니지."

평정을 찾는 속도는 신창술보다 신인학이 빨랐다.

"신인학 씨는 아버님하고 어떠세요?"

"나쁘지 않지, 뭐. 나한테는 별로 기대하는 것도 없고."

내 또래의 남자가 아버지와 사이가 나쁘지 않다면 좋다는 말이다. 신인범은 사업을 하기 위해 신인학한테도 돈을 빌렸다.

"그게 꼭 내 돈이 아니야. 내가 집 얻을 때 형이 형수 모르게 1억을 해줬는데. 뭐, 따지고 보면 자기가 해준 거 도로 받아 간 거지. 이자도 안 받고."

신인학이 사는 곳은 18평짜리 빌라다. 현재 부동산 시세로는 2억 원쯤 된다고 했다. 2년 전에 아파트를 저당 잡히며 우리은행에서 9천만 원을 빌렸고 아직 갚지 못했다. 신인학이 형한테 빌려준 돈은 9천만 원일 것이고 신인범이 1년 안에 1억 원으로 갚겠다고 했을 것이다.

"잘 아시네. 난 도통 계산을 못하는 사람이라서. 수학은 너무 비인간적이지 않나?"

"법보다야 인간적이지요. 그런데 2년이 지나도록 형님이 돈을 못 갚았는데 이번에 보험금 타면 그걸로 충분하고도 남겠네요."

신인학이 맥주를 한 잔 더 시키고 날 지그시 쳐다보았다.

"원래 기자들이 이런가?"

반말투를 그만하는 게 신상에 좋지 않겠느냐는 말이 목구멍까지 차올랐지만, 참았다.

"나는 피해자야, 가해자가 아니라고. 직장에서 같이 일하는 아는 형님이 죽은 게 아니라 내 친형이 죽은 거라고!"

신인학이 입술을 다문 채 염교 절임을 씹으며 코로 거칠게 숨을 내쉬었다.

"19일 저녁부터 20일까지 어디 있었습니까?"

"내가 왜 그걸 말해야 하는데?"

"말하지 않아도 되지. 신인범이 동생한테 1억을 빌렸는데 못 갚았다는 기사를 쓰면 어떨까? 그 동생 앞으로 보험금이 돌아가고. 경찰은 여론에 밀려 수사를 진행하기도 하거든. 그걸 원한다면야."

신인학이 염교 절임을 하나 더 썹으며 맥주를 마셨다. 난 신인학이 내 멱살이라도 잡을 줄 알았다. 신인학은 스스로 만들려고 애쓰는 이미지와 달리 계산적이었다. 신인학의 휴대폰이 울렸다. 신인학이 화장실에 간다며 일어섰다. 가는 길에 테이블에 앉은 여자들을 하나도 놓치지 않고 다 훑어보는 것 같았다. 신인학이 손을 스웨터에 닦으며 화장실에서 나왔다.

"그럼 알리바이는 정확하지 않다?"

"집에 있었지. 큰아들이랑."

"부인은?"

"아내랑 작은아들은 대전에 갔고."

장인의 생신이라 신인학의 와이프는 작은아들을 데리고 친정에 갔다. 큰아들은 감기에 걸려서 신인학과 집에 머물렀다.

"집에 있었다는 걸 증명해줄 수 있는 사람은 큰아들이겠네?"

"내가 왜 알리바이를 증명해야 하는데? 당신, 대기업

113

무슨 횡포 취재하는 거 맞아?"

"취재를 하다 보면 의심이 여기저기 뻗치죠."

신인학이 맥주를 새로 받아서 마셨다. 슬픔이든 윤리
든 통째로 삼켜버릴 수 있을 만큼 신인학의 목울대는 튼
튼해 보였다.

"집사람이랑 새벽까지 통화를 몇 번 했어. 당장 휴대폰
매장으로 가서 통화 명세서를 뽑아줄 수도 있어."

"바로 갑시다."

"남은 건 마셔야지."

신인학의 얼굴이 불콰해졌다. 신인학이 염교 절임을
더 달라고 말했다.

"내가 원래 뭐 하던 사람인 줄 알아? 고등학교 때까
지 야구 선수였어. 중학교 때는 잘했거든. 내 인생의 목
표가 최동원이었지. 얼마 전에 죽었잖아. 영웅도 떠나다
니…… 그 찬란한 폼을 얼마나 따라 했던지. 고등학교에
가서 정말 열심히 했어. 맨날 땀을 하도 쏟아서 몸에서
짠 내가 날 정도로. 그런데 2학년이 되니까 내가 잘 던지
는 게 아니더라고. 시장기 대회 예선에서 알아버렸지. 스
티브블래스증후군이라고 알아? 메이저리그에 스티브 블
래스라는 투수가 있었는데 스트라이크존으로 공을 못
던지는 거야. 그래서 볼만 던지는 걸 스티브블래스증후

군이라고 하거든. 내가 그 시합에서 중간계투로 나갔는데 처음엔 삼진을 잡았지. 그런데 갑자기 그다음 타자부터 연속으로 포볼을 주고 결국 밀어내기로 두 점이나 줬지. 무려 열여덟 구나 볼을 던진 거야, 씨발. 그리고 내려왔거든. 그다음부터 내 공을 젠장, 다 치는 거야. 어떡해, 할 수 없잖아. 타자로 바꿨어. 이승엽도 원래 투수였는데 타자로 바꿨잖아. 그런데 난 안 되더라고. 이승엽은 아마 투수를 계속했어도 잘했을 거야. 팔 부상이 잦아서 바꾼 거지만. 타자에서 투수로 바꾼 류현진은 타자를 계속했어도 잘했을 거고."

"맞아. 잘하는 놈들은 뭘 해도 잘하지. 안 되는 놈들은 뭘 해도 안 돼."

"왜 그러는데?"

"망조 클럽에 들어온 거지. 그러다 보니 자신감도 잃고 악순환이 되는 거야."

"맞아. 자신감을 한번 잃으니까 안 되더라고. 그러다 부상을 당했어. 병원에 한 3개월 있었지. 내 야구 인생은 거기서 끝났지. 그때 간호사를 꼬드겨서 결혼했어야 했는데, 좆도. 날 좋아한 간호사가 있었는데 얼굴도 반반하고, 그땐 씨발 연상이라 싫었어, 병신같이. 그냥, 내 인생은 거기서 끝난 거야. 그다음엔 뭘 해도 안 됐으니까. 내 그런 인생을 가장 안타까워한 사람이 우리 형이야. 그래서 날 수익자로 지정한 거고. 어릴 때부터 형은 늘 나한테 뭘 해줬지 내가 형한테 해준 건 없어. 야구를 그만두고 방황할 때 형이 많은 이야기를 해줬어. 그때 그 이야기가 없었다면 지금보다 더 좆같은 인생이 됐겠지."

"이제 그만 나갑시다."

넋두리는 언제 들어도 지겹다.

통화 명세서와 신인학 와이프의 전화번호를 대조했다. 19일 밤 23시 15분, 49분. 20일 0시 34분, 01시 22분, 02시 35분, 03시 50분, 04시 15분. 두 기지국의 위치는 신인학이 사는 곳과 처가가 있다는 대전이었다.

"새벽까지 무슨 전화를 그렇게 했을까요?"

차에 시동을 걸며 물었다.

"기자님도 결혼을 하셨나?"

"한때."

"요즘 유행하는 이혼을 하셨군."

신인학이 웃었다. 웃을 일인가.

"집사람이 잠이 안 온다고 해서 이런저런 이야기를 좀 했어. 애들 키우는 얘기도 하고. 부모님 얘기도 하고. 부부가 할 이야기가 뭐가 있겠어?"

"새벽까지?"

"집사람이 불면증이 좀 있어서. 도지면 내가 괴롭지."

신인학이 목을 뒤로 기대더니 눈을 감았다. 〈레옹〉에서 게리 올드만이 알약을 먹고 목을 뒤로 젖히며 쾌락에 빠질 때처럼 신인학도 머리를 뒤로 젖히며 신음 소리를 삼켰다.

"내가 어릴 때 쌈박질 좀 하고 다녔어. 우리 형이 싸움을 잘하는지는 몰라. 뭘 해봐야 알잖아. 그런데 내가 한번은 뒈지게 터지고 온 거야. 동네에 새로 이사 온 놈이었는데 나보다 세 살이 많아. 그때 나는 위아래도 없었고 눈에 뵈는 게 없던 때였거든."

지금도 신인학은 눈에 뵈는 게 없이 살고 싶지만 힘이 없어 그러지 못하고 있는 것 같았다.

"이사 온 놈이 주먹이 셌던 거야. 내가 한주먹하는데 그놈한테 당했지. 키가 나보다 10센티는 더 컸으니까. 놈이 날 때렸는데 그대로 코피가 났어. 집에다가는 말도 못했어. 형이 내 코를 보고 어떻게 된 거냐고 물었지. 뭐 형이라고 어쩔 수 있었겠어? 그놈이 학교에서도 한가락 하는 놈이었는데. 며칠 지나서 밤에 형이 날 불러. 어디 좀 같이 가자고. 갔더니 그 이사 온 놈이 나무에 묶여 있는 거라. 형이 그놈을 몰래 뒤따라가서 몽둥이로 선빵을 날린 거야. 생전 싸움이라곤 안 하던 사람이. 그놈을 나무

117

에 묶어놓고 나한테 사과하라고 하는 거야. 사과를 받았지. 그런데 며칠 후에 형 얼굴이 엉망진창이 돼서 들어왔어. 그놈한테 보복당한 거야. 그런 형이야. 우리 형을 누군가 만약 죽인 거라면 나한테 바로 알려줘. 경찰보다 먼저. 이번엔 내가 복수해줄 차례니까."

신인학의 집 앞에 차를 세웠다.

천동석은 날 '빨간 눈'이라고도 하고 '거짓말 탐지기'라고도 부른다. 천동석과 내가 같이 일했을 때, 사람들을 만나면 나는 대번에 거짓말인지 아닌지 판단했다. 결과적으로 내 말이 거의 맞았기 때문에 천동석은 내 눈을 신뢰했다. 그때가 유독 잘 맞았던 것이다. 그땐 남의 이야기를 들으면 바로 원인 불명의 확신이 들었다. 얼마 전부터는 어떤 것에도 확신이 들지 않는다. 신창술과 신인학 중 누가 범인일까. 둘이 공범일까. 둘 다 아닐까.

신인학이 내 차를 알아볼까 봐 짙게 선팅을 한 천동석의 차를 빌려서 물류 창고에 왔다. 물류 창고에서 나오는 신인학의 뒤를 따라갔다. 어제와 그제 신인학은 그냥 집으로 갔다. 지금은 어제와 다른 버스를 탔다. 집으로 가지 않는 것이다. 신인학이 버스에서 내렸다. 나는 차를 건물 옆에 세운 후 야구 모자를 쓴 채 신인학을 쫓았다. 신인학은 지랄맞은 성질을 과시하듯 걸음이 꽤 빨랐다. 허름한 골목을 지나면서 뒤를 두리번거렸다. 나는 의심받지 않으려 신인학과 거리를 두었다. 신인학이 흑염소집 앞에서 멈춰 서서 담배를 피웠다. 나는 신인학의 시야에서 벗어나기 위해 슈퍼마켓으로 들어갔다. 담배를 피우면서 신인학은 주변을 천천히 둘러보는 듯했다. 누군가와 만나기 위해 자신의 모습을 보여주고 있는 것이다. 나는 물건을 고르는 척하며 계속 신인학을 주시했다. 신인학이 사라졌다. 가게에서 나왔다. 흑염소집을 중심으로 주변을 둘러보았다. 건너편에서 모퉁이를 도는 남자의 뒷모습이 보였다. 일단 쫓아갔다. 모퉁이를 돌았다.

오른쪽 끝에 미용실이 보였다. '오경민헤어' 안으로 들어가는 두 남자. 그중 하나가 신인학이었다. 두 남자가 들어가자 블라인드가 내려졌다. 한 여자가 미용실 밖으로 나와서 빨간색으로 된 'Closed' 팻말을 달았다. 문 사이로 안에 있던 몇 명의 사람들이 보였다. 남녀가 섞인 자리였다. 주변이 주택가라 나를 노출하지 않고 신인학을 기다리기에 적당한 장소가 없었다. 주변을 서성거리다가는 괜히 수상한 사람으로 보일 것이다. 나는 도로변으로 나와서 배회하다가 반시간에 한 번씩 미용실 앞으로 지나갔다. 몇 시간째 닫힌 문은 열리지 않았다. 무엇을 하려는 사람들일까. 신인범의 죽음과 관련이 있을까. 죽이고 싶은 누군가가 있는 사람들이 모여 서로 대상을 바꿔서 대신 죽여주는 모임일까. 그 시간에 죽이고 싶은 사람이 완벽한 알리바이를 만들어놓는다면 완벽한 모임이 될 것이다.

그날 미용실 문은 열리지 않았다. 천동석의 차는 주차 딱지를 떼였다. 다음 날 나는 미용실에 들어갔다. 커트를 부탁한 후 자리에 앉았다. 미용사는 혼자였다. 어제 나와서 팻말을 달았던 여자였다. 범죄가 도사리고 있는 곳 같지는 않았다.

신인학의 와이프가 출근복 차림으로 아이들을 데리고 양정빌라 나동 306호에서 나왔다. 나는 택배 기사처럼 보이는 조끼를 입고 306호로 갔다. 2층에서 어떤 아주머니와 마주쳤다. 아주머니는 날 한 번 힐끗거리더니 대수롭지 않다는 듯 내려갔다. 나는 306호 앞에 섰다. 만능열쇠로 문을 땄다. 오금이 저렸다. 심장 뛰는 소리 때문에 귀가 먹먹했다. 문을 닫고 집 안으로 들어갔다. 아침에 빵에 버터를 발라 먹었는지 느끼한 냄새가 났다. 개수대엔 밥과 빵을 먹은 흔적이 섞여 구저분했다. 새벽에 출근하는 남편한테는 밥을 해서 주고 유치원에 가는 아이들한테는 빵을 주었을 것이다. 신인학은 아침에 밥을 먹는 걸로 자신의 존재감을 증명하려 할 것이다. 노인이 되면 존재감이 보잘것없어지겠지만. 안주인은 아침을 두 번 차리고 자신도 출근을 할 것이다. 먼저 퇴근하는 남편이 와이프가 올 때까지 아이들을 돌볼 것이다. 난 그런 사이클에서 이탈했다. 탈락일 수도 있겠다.

침실이 있는 방으로 들어갔다. 컴퓨터는 없었다. 작은 방으로 들어갔다. 두 아이가 잘 수 있도록 이층 침대가 놓여 있었다. 다시 거실로 나오자 텔레비전 옆에 낡은 장식장이 서 있었고 그 옆에 컴퓨터가 있었다. 장식장 안엔 신인범이 야구를 하던 시절의 사진부터 결혼 사진과 아이들 사진이 진열돼 있었다. 컴퓨터를 켰다. 부팅되는 동안 현관문을 살짝 열고 밖으로 귀를 기울였다. 밖에서 안을 의심하는 기척은 없었다. 장식장 맨 위 칸에 30년쯤 지난 것 같은 흑백사진이 놓여 있었다. 까까머리 두 소년이 어깨동무를 했다. 동생이 두 손에 축구공을 들고는 빠진 앞니가 다 보이도록 웃었다. 형은 손으로 동생의 머리를 헝클어뜨렸다. 그 옆엔 군복을 입은 신인학과 젊은 신인범이 어깨동무를 하며 웃었다. 형제는 세월이 지나서도 어깨동무를 풀지 않았다. 맨 오른쪽은 신창술을 비롯해 온 가족이 한데 모여서 찍은 사진이었다. 부팅이 끝났다. 바탕화면엔 아이들 뒤로 분수가 쏟아졌다. 비말이 아이들의 머리 위로 떨어지는 순간이었다. 신인학은 저 미소를 지키기 위해서라면 무엇이든 할 것이다. 무엇인가 했을 수도 있다. 나는 컴퓨터에 USB를 꽂았다. 로컬디스크 C 드라이브 안에, 프로그램 파일을 열고, 마이크로소프트 오피스 안에, 다시 오피스 14 안에 웬만하면 열어볼 가능성이 없는 곳에 '레드독' 프로그램을 깔았다. 레드독은 얼마 전에 입수한 해킹 프로그램이다. 프로그램을 작동하고 내 태블릿에 연결했다. 데스크톱으로 '다음'을 열었다가 '구글'로 이동했다. 내 태블릿도 원활하게 같이 이동했다. 데스크톱의 시스템을 종료했다.

재개발을 기다리고 있는 빌라를 나왔다.

유치원 건너편 차 안에서 기다리는데 태블릿에 레드독이 떴다. 누군가 인터넷으로 텍사스 홀덤을 하는 중이었다. 이 시간에 집에 있는 사람은 신인학이다. 네 번째 커뮤니티 카드가 펼쳐졌다. 클로버 4. 이미 펼쳐진 카드는 다이아몬드 5와 클로버 A와 클로버 8이었다. 오른쪽 아래 히든카드는 클로버 A와 하트 A. 마지막 카드가 주어졌고 뒤집히지 않았다. 베팅해야 할 때였다. 신인학이 베팅 버튼을 누르자 상대가 패를 펼쳤다. 클로버 Q와 클로버 K. 클로버플러시. 컴퓨터게임이 아니라면 결코 쉽게 나올 수 없는 패였다. 마지막 커뮤니티 카드가 4나 5 또는 8이 나온다면 풀 하우스가 되는 것이다. 가상의 과장은 더 이상 내 흥미를 끌지 못했다.

컴퓨터 바탕화면에서 본 신인학의 큰아들, 준영이가 유치원에서 나왔다. 나는 차 안에서 관찰했다. 몇몇 아이들이 봉고차에 탔다. 준영은 놀이터에서 친구들과 뛰어놀았다. 준영이 한 아이의 가슴을 밀쳤다. 아이가 울자 유치원 교사가 준영에게 주의를 주었다. 한두 번 있는 일이 아닌 모양이었다. 준영이 시무룩해서 가방을 들고 집으로 향했다. 나는 준영의 뒤를 따라갔다.

"신준영?"

준영이 멈춰서 날 경계했다.

"아저씨는 아빠랑 아는 사람이야. 아빠 성함이 신인학이지?"

"신 자, 인 자, 학 자요."

신인학다운 가정교육이다.

"선생님이 너만 혼내네? 불공평하게."

"원래 그래요. 영섭이가 먼저 나한테 시비 걸었는데."

"억울하겠다."

아이의 눈 모양이 직선에서 타원형으로 변했다.

123

"아저씨는 누구세요?"

"과자 먹을래?"

고개를 젓는 아이의 표정엔 아쉬움이 남았다.

"괜찮아. 아빠랑 아는 사이라니까. 아빠 이름을 어떻게
알았겠어?"

"아이스크림."

"춥지 않아?"

"남자는 안 추워요."

왜 아이들한테 이런 거짓된 관념을 심어주는 걸까.

편의점에 들어가 아이스크림을 사주었다.

"준영이는 동생이랑 사이가 좋아?"

"네."

"아빠도 큰삼촌이랑 사이가 좋을까?"

"큰아버지요?"

"그래, 큰아버지."

"돌아가셨어요."

"알아. 큰아버지랑 사이가 좋았어?"

"몰라요."

"얼마 전 대전 외할아버지 생신 때, 기억나?"

아이가 고개를 끄덕이며 아이스크림을 까서 먹기 시작
했다.

"그때 갔었어?"

아이스크림에서 입을 떼지 않고 아이가 도리질했다.

"아무도 안 갔어?"

"엄마랑 준수하고 갔어요. 아빠랑 나는 안 가고."

"왜 안 갔어?"

"감기."

"병원은 갔었어?"

아이가 갑자기 멈췄다.

"왜?"

"감기에 걸렸어요."

나는 맞은편에 있는 '김진희이비인후과'를 가리켰다.

"저 병원에 갔었어?"

"감기에 걸려서 아빠랑 집에 있었어요. 아빠가 나 때문에 대전에 가지 못했어요."

"그래, 그건 알고 있어. 감기에 걸렸으면 병원에 갔을 거 아니야?"

아이가 갑자기 울먹였다.

"감기에 걸렸어요. 그래서 아빠가 대전에 못 갔어요."

아이가 닭똥 같은 눈물을 흘렸다.

"알았어. 더 이상 안 물어볼게."

아이가 먹던 아이스크림을 내밀었다. 내가 받지 않자

그대로 아이스크림을 놓았다. 아이스크림이 바닥에 떨어지면서 아이의 눈은 다시 직선 모양으로 돌아갔다. 아이가 집 방향으로 뛰어갔다. 쫓아갈까 말까 주저하고 있는데 휴대폰이 울렸다. 모르는 번호였다.

"누구시죠? 아까 전화가 왔더라고요. 저도 모르는 번호라서."

신인범의 여동생, 신연아였다.

알프라졸람

109동 빌라 입구에서 901호 버튼을 눌렀다. 여자가 기운 없는 목소리로 누구냐고 물었다. 현관에 들어서자 신연아가 최소한의 사회적인 미소로 날 맞았다. 신연아의 보라색 원피스는 캐시미어 재질인데 어깨 한쪽이 드러날 정도로 느슨했다. 머리카락은 쇄골을 살짝 덮었다. 머리를 감은 지 얼마 안 된 것 같았다. 입술은 부르텄다. 얼굴은 여자치고 선이 굵었다. 눈동자는 눈물이 늘 머물러 있는 듯 촉촉해 보였다. 표정을 바꿀 때마다 양쪽 보조개가 깊게 들어갔다. 신연아가 소파로 날 안내했다.

신연아가 먼저 소파에 앉았다. 눈을 질끈 감더니 고개를 벽에 기댔다. 나도 신연아의 얼굴을 흘끗 보면서 소파에 나란히 앉았다.

"죄송해요. 제가 좀 어지러워서."

"괜찮습니다."

"커피 드실래요?"

은은한 자줏빛으로 화장한 눈 주위도 캐시미어의 질감이었다.

"몸도 안 좋으신 것 같은데 죄송합니다."

"아니에요. 저도 누워만 있는 것보다는 이게 낫죠."

"어머니는 어디 가셨습니까?"

"방에요. 오빠 죽고서 일어나질 못하세요."

신연아가 멍하니 앞을 보다가 바닥으로 시선을 떨어뜨렸다.

"오빠가 학교에 들어가기 전에 사라졌던 적이 있었대요. 경찰에 신고도 하고 이틀 동안 동네 사람들이랑 오빠를 찾으러 다녔대요. 그런데 다음 날 오빠가 집에서 자고 있었다네요. 깨워서 어딜 갔다 왔냐고 물으니까 그냥 졸립다고 했대요. 엄마는 오빠가 그때처럼 아무 일 없었던 듯 다시 올 거라고 믿고 있어요."

"남편분은…… 어디?"

신연아가 오른쪽 눈을 살짝 찡그렸다.

"돌싱이에요."

신연아가 두 손으로 머리를 만졌다. 손톱은 각기 다른

색깔과 문양이었다.

"오빠 때문에 들어간 돈은 얼마나 되죠?"

"살다 보면 돈은 언제나 들어가죠. 누구 때문에 들어가는 게 아니라 내가 쓰는 거예요."

"그래도 쓰는 상대가 있잖아요."

"내가 선택한 거예요."

신연아가 앞을 응시했다. 나도 신연아의 시선을 따라갔다. 신연아의 말과 그 말 속에 담긴 의미를 따라가는 건 쉽지 않았다. 텔레비전 옆에 어항이 있었다. 조그만 물고기들이 어항 속을 유영했다.

"초농이 오빠 인생을 모조리 훔쳐갔어요."

신연아가 내 눈을 똑바로 응시했다. 〈바운드〉의 제니퍼 틸리가 내 앞에 앉은 듯 나는 정신을 차리기 힘들었다. 휴대폰이 울렸지만 모르는 번호여서 받지 않았다. 아는 번호였어도 받지 않았을 것이다. 어항 옆에 있는 장식장 유리에 신연아의 표정이 반영됐다. 눈을 지그시 감은 채 입가에 작고 씁쓸한 미소가 돌았다. 장식장 안에는 세계 여러 나라의 전통 탈 십수 개가 진열되어 있었다. 대체로 탈의 표정은 냉혹했다. 신연아를 보고 있는 내 눈과 내 눈을 의식하는 그녀의 눈이 장식장 유리의 표면에서 마주쳤다.

"탈은 보통 사람 얼굴하고 다르잖아요. 왜 그런지 아세요?"

"글쎄요."

"사람들이 평소 탈을 쓰고 살잖아요. 탈은 사람들이 쓰고 있는 탈 안에 있는 진짜 얼굴을 보여주고 있는 거예요."

얼굴을 가린 탈이 얼굴이 가린 마음을 보여준다?

"재밌네요."

"왜 신인범 씨는 무리해서 보험을 들었을까요? 보험료 낼 만한 사정이 아니었을 텐데."

"오빠한텐 무리한 게 아니었어요."

"이건 누가 봐도 상식적으로……."

"상식 같은 건 오빠한테 어울리지 않아요. 오빠는 아무도 생각하지 못한 곳에 있거든요."

"택배와 대리운전을 하면서 무리 아닌가요? 돈을 모아서 다른 걸 도모해야 하잖아요."

"어떤 걸 도모하죠?"

"뭐라도……."

다른 기업에서 신인범의 추진력과 노하우를 흡수해서 써줄 기회?

"오빠는 늘 기회를 만들었지만 늘 빼앗겼죠. 더 이상 기회를 기다리지 않은 게 아닐까 싶어요."

"고시원 말고 여기서 함께 지내도 되지 않았을까요?"

"저도 귀가 따갑도록 그렇게 말했죠. 엄마가 해주는 밥 먹고 지내라고. 엄마도 간절히 원하셨고. 제가 엄마가 되니까 알겠더라고요. 자식 입에 밥 들어가는 걸 직접 눈으로 보는 것보다 더 좋은 건 없어요. 오빠가 그러더라고요. 그러면 나태해질 것 같다고. 평생 그렇게 살았던 사람이에요. 안락함 따위는 안중에도 없어요."

신연아가 손가락으로 코를 막고 짧게 콧물을 들이마셨다.

"더 이상 기회를 기다리지 않았다는 건, 무슨 말씀이죠?"

"아마 오빠가 자살을 계획했던 것 같아요."

"자살이요?"

"보험에 들고 2년만 고생해서 식구들한테 돈을 남기고 가자는 생각을 했던 것 같아요. 가족을 위해서라면 뭐든지 할 사람이거든요. 그게 우리를 더 고통스럽게 한다는 건 생각 못 하고, 바보같이……."

신연아는 국가도 초농의 '약탈'을 눈감아주면서 오빠의 성실함을 '학살'하는 데 동참했다고 말했다. 신연아는 오빠한테 고구마면과 초농에 대한 미련을 버리라고 했다. 돈을 대줄 테니까 장사나 해보라고 대안을 제시했다.

신연아는 오빠를 투자 가치가 높은 사람으로 평가했다. 신인범은 5년간 온 정성을 쏟았던 고구마면을 포기하지 못했다. 신인범에게 고구마면은 신창술의 소와 같은 것이리라.

"수면제를 구해달라고 한 적도 있었어요."

신연아는 제약 회사에서 일했다. 신인범은 그저 잠이 잘 오지 않아서 그런 거라고 말했다. 신연아는 수면제를 구해주지 않았다. 오빠의 마음이 얼마나 복잡했을지 지금도 느껴져서 신연아는 자다가도 놀란 적이 있다고 했다. 신연아가 두 손으로 얼굴을 감싸쥐고 눈물을 흘렸다.

"진짜 고통은 남아 있는 사람들 몫인 것 같아요."

나는 탁자에 있는 티슈를 몇 장 뽑아서 건넸다.

"고마워요."

"컨테이너 불은 신인범 씨가 낸 걸까요?"

"왜 그런 짓을 해요?"

"자살을 계획했다면."

"합선으로 난 거잖아요."

"우연이네요."

"제가 어릴 땐 교회를 다녔거든요. 교회를 나오니까 신이 만든 모든 필연이 사실은 전부 우연이더라고요."

"19일 날엔 뭘 하셨어요?"

"저요?"

제약 회사에서 19일 날 석모도로 워크숍을 갔다.

신연아가 고개를 숙여 양팔을 양무릎에 대고 두 손으로
입을 가렸다. 나는 유리가 보여주는 신연아를 보고, 그녀
는 오빠에 대한 기억을 보고 있는 것 같았다.

"아, 커피 드린다고 했죠."

신연아가 소파에서 일어났다. 주춤거렸다. 나는 반사
적으로 일어나서 신연아의 흔들리는 몸을 잡아주었다.
신연아가 자연스럽게 내 팔을 잡았다. 자신을 송두리째
잡아달라는 게 아닐까 하는 착각이 들 만큼 신연아의 몸
짓은 내게 가능성으로 충만했다.

"죄송해요."

"안 마셔도 됩니다."

버거운 숨을 내쉬며 신연아가 한 걸음 더 가까이 왔다.

"어떻게…… 오빠가…… 이렇게 가면 안 되는 건데……."

신연아가 굵은 눈물을 흘리며 내게 안겨왔다. 나는 몸
을 열었다. 그러지 않을 이유가 없었으니까. 신연아가 '오
늘은 어때요?' 한다면……. 나는 신연아를 꼭 안았다. 신
연아도 힘이 들어 간 내 몸과 몸짓과 마음을 피하지 않
았다.

오늘 어때?

내가 결혼한 후 처음 바람 피운 여자는 내 클라이언트
였던 교사였다. 그녀는 물리학을 전공한 과학 선생이었
다. 선생들과의 관계도 힘들고 학생들과의 관계도 지긋
지긋해서 차라리 인간관계도 물리학 같으면 좋겠다고
했다. "최소거나 최대거나, 둘 중 하나면 좋겠어요." 추석
때 친정에 가는 게 귀찮다며 X는 집에서 쉬었다. 과학 선
생한테 오늘 어떻냐는 연락이 왔고 난 그녀를 만나러 한
시간이나 택시를 타고 모텔로 갔다. 허무에 진저리를 치
며 집에 왔을 때 X는 영민이와 침대에 나란히 누워 자고
있었다. 나는 짜장면과 탕수육을 배달시켜서 처자식과
저녁을 먹었다. 죄책감이 들지 않았다.

"죄송해요."

신연아가 몸을 뒤로 빼더니 두 손을 내 어깨와 목 사
이에 댔다. 내 심장이 어깨와 목 사이로 이동하는 것 같
았다. 신연아가 어지럼증을 이겨내려는지 눈을 감고 고
개를 털었다.

"잠깐 앉아계세요."

신연아가 내 팔을 한 번 만지더니 주방으로 갔다. 이번
엔 심장이 팔로 이동했다.

거실에 컴퓨터가 있었다.

"컴퓨터 좀 쓸 수 있을까요? 기사를 빨리 보내달라고

해서."

"비밀번호가 있어요. 방에 있는 걸로 쓰세요."

나는 신연아가 가리키는 방으로 들어갔다. 강아지 두 마리가 날 보고서 짖었다. 주방에서 신연아가 꾸짖는 소리가 들리자 시추 두 마리가 톤을 낮추더니 밖으로 나갔다. 나는 화장대에 앉아 노트북을 열어 부팅했다. 침대에는 속옷이 놓여 있었다. 옷장과 화장대 사이에 아직 뜯지 않은 택배 몇 개가 쌓여 있었다. 노트북에 레드독을 설치했다. 화장대 위에 졸피레와 알프레조드가 보였다. 졸피레는 불면증 치료제, 즉 수면유도제이며 알프레조드는 불안장애를 개선하는 약물이다. 졸피레로 수면을 유도하고 알프레조드로 수면을 지속시키는 것이다. 졸피레는 졸피뎀 성분이며 마약류로 분류된다. 나도 언젠가 한 번에 다량을 복용한 적이 있다. 몽유병 비슷한 증상이 나타났다. 구하기가 손쉬웠다면 계속 복용했을 수밖에 없었을 것이다.

내가 거실로 나오자 신연아가 시추들을 다시 방에 가둔 후 커피를 두 잔 들고 왔다.

"커피 향 때문에 좀 괜찮아지는 거 같네요."

"신인범 씨가 추위를 탔습니까?"

"몸이 따뜻해지라고 제가 자주 생강차를 만들어줬으

니까요."

"명함 하나 얻을 수 있을까요?"

신연아가 일어섰다. 신연아의 맨발이 바닥을 딛는 소리조차 내 감각을 곤두세웠다. 신연아가 식탁 의자를 잡고 서서 고개를 숙였다. 나는 일어나 다시 신연아를 잡아주고 싶었다.

신연아의 집을 나와 다연에게 전화를 걸었다.

"어디야?"

"목소리가 급한데? 왜, 내 바디가 필요해?"

"어디냐고?"

"대구야."

"언제 와?"

"어디냐, 언제 와. 경상도 남자 같아."

이해와 조롱이 엉킨 웃음소리가 났다.

"내일까지 있어야 해. 내일 밤늦게 아니면 모레 아침에인 서울. 모레 볼까요?"

"다시 연락할게."

전철역 화장실에 들어갔다. 신연아의 느낌을 더듬으며 수음을 했다. 욕망이 공중화장실만큼 더럽게 느껴졌다. 컨테이너하우스에 난 불은 누군가의 더러운 욕망이 저지른 짓일 것이다. 컨테이너하우스에 다가갈수록 탐욕의 냄새가 난다. 결코 우연히 불이 난 사건이 아니다.

플랫폼 의자에 앉아 태블릿을 확인했다. 레드독 1은 화면이 꺼졌다. 신연아의 노트북을 볼 수 있는 레드독 2를 열었다. 여성의 봄옷이 화면에 가득했다.

나는 또 신인학의 뒤를 쫓았다. 신인학은 성실하게 집과 직장을 오갔다.

나는 제약 회사에서 나오는 사람 중에 바쁜 걸음이 아닌 여자를 따라갔다. 여자가 건물 밖으로 나갔다. 여자 앞에 가서 인사한 뒤 명함을 건네고 내 소개를 했다. 잠시 이야기할 수 있느냐고 물었다. 여자가 무슨 일이냐고 되물었다. 간략하게 설명했다.

"무슨 소린지 잘 모르겠지만, 5분 정도 시간을 낼 수 있겠네요."

여자가 편의점 앞 파라솔로 안내했다. 난 다시 설명하고 여자는 겨우 무슨 말인지 알아들었다.

19일 날 1박 2일로 회사에서 워크숍을 갔다고 했다. 신연아도 빠지지 않았고 아무도 빠질 수 없었다. 회사 대표가 부모님 장례식을 제외하고는 모두 참석하라고 명령했다.

"우리 회사는 대표가 부모님 장례식도 참석하지 말라

고 하면 못 하는 분위기거든요."

아직 근대성으로 진입하지 못한 이 땅에서 어딘들 안 그럴까.

"로저 페더러 아시죠? 그 선수가 셋째의 출산일이 프랑스 오픈과 겹치면 대회에서 기권하겠다고 했어요. 멋있지 않아요?"

"그렇네요."

내 대답에 영혼이 없어 보였는지 여자는 입을 삐죽거렸다.

여자는 19일 날 밤에 신연아를 볼 수밖에 없었다. 각 팀에서 대표로 한 명씩 나와 노래를 했는데 신연아가 QA팀 대표로 〈열정〉을 불렀다. 춤을 곁들인 신연아의 노래 솜씨에 큰 박수가 나왔다. 마이크를 잡은 대표도 칭찬했다. 잘 놀 줄 아는 사람이 일도 잘하는 거라는 말을 덧붙였다. 새벽 2시에 술자리가 끝났다. 신연아가 그 시간에 숙소를 이탈해서 석모도를 빠져나올 수 있었을까. 미리 누군가를 사서 바닷가에 보트를 대고 대기한다면 가능할 수도 있겠다.

"이제 됐죠? 좀 바빠서."

"혹시 QA팀에서 일하는 직원 전화번호 좀 알 수 있을까요?"

여자가 전화번호를 하나 주었다. 자신한테 알아냈다고 하지는 말라고 당부했다. 여자가 바삐 떠나고 나는 전화를 걸었다. 전화를 받은 상대가 바쁘다고 했다. 나는 퇴근시간에 맞춰 다시 건물 앞으로 왔다. 그가 마지못해 옥상으로 올라오라고 했다.

"제 번호는 어떻게 알았습니까?"

"기자니까요."

"뭐가 궁금하신데요?"

남자의 표정이 싸늘했다.

"근래에 신연아 씨한테 뭐 좀, 다른 점이 없었을까요?"

"없었습니다. 제가 직장 상사의 다른 점이나 볼 만큼 한가하지도 않고요."

남자가 짧아진 담배를 버렸다. 남아 있는 연기를 다 뱉어내고 하늘을 올려다봤다.

"전 바빠서 그만."

나는 주머니서 5만 원짜리 두 장을 꺼내 내밀었다.

"뭡니까?"

"협조 비용이라고 보면 되죠."

"제가 이걸 왜 받죠?"

남자가 받지 않고 뒤돌아 갔다.

신창술도 신인학도 신연아도 모두 정확한 알리바이가

있었다. 알리바이는 한 달 동안 네덜란드에 있었던 양 이사가 가장 완벽했다. 양 이사는 예정된 금요일이 지나도 귀국하지 않았다. 회사는 네덜란드 현지 업체와 일이 남아서 더 체류하기로 했다고 설명했다. 나로선 사실인지 확인할 길이 없었다. 이들 중 범인이 있다면 일부러 알리바이를 만들어놓았을 것이다. 이들 바깥에 범인이 있을까. 처음으로 돌아가자. 놓친 게 있을 것이다.

신인범은 왜 보험에 가입했을까.

나는 긴 테이블에 앉아 기다렸다. 테이블은 원목처럼 보이려는 판재 가구였다. 무늬가 없는 벽지엔 보험 가입 실적표가 붙어 있었다. 실적이 가장 상승한 사람은 파란색 동그라미가 쳐져 있었다. 가장 하강한 사람은 빨간색이었다. 파란색보다는 빨간색이 눈에 잘 띄었다. 곡선의 엇갈림은 그래프 주인들의 삶의 희비가 엇갈리고 있다는 것을 상징하는 것 같았다.

문이 열렸다. 커피와 서류를 들고 꽃미남 플래너가 들어왔다. 내 앞에 명함을 두었다.

"제가 뭘 도와드려야 합니까?"

"신인범 씨를 기억하시나요?"

나는 신인범의 사진을 보여주었다.

"기억합니다."

"가입할 때 혼자 왔나요?"

"네."

"특별한 건 없었을까요?"

"어떤 특별한 거요?"

"평소 모습이 아닌 거 같거나?"

"평소 모습을 제가 모르니까요."

"그래도 느낌이라는 게 있지 않습니까?"

"저희는 고객을 느낌보다는 미래지향적으로 보거든요."

꽃미남은 내가 보험에 가입할 가능성이 전혀 없다고 판단했을 것이다.

"신인범 씨는 얼굴에 별로 표정이 없고 진지한 사람 같았어요."

꽃미남의 휴대폰이 울렸다. 건성으로 양해를 구하고 전화를 받으러 나갔다. 통유리로 된 회의실 밖에서 꽃미남이 다정한 얼굴로 통화를 했다. 한 손을 양복바지 뒷주머니에 찔러 넣었다. 꽃미남은 바빠 보였다. 꽃미남은 회사가 보험금을 지급하거나 안 하거나 별 상관이 없을 것이다. 보험 가입을 늘려서 자신의 지분이 많아지면 되는 것이리라.

꽃미남이 들어왔다.

"그런데 그건 아세요?"

"뭘요?"

"신인범 씨가 우리 회사 말고도 보험에 또 가입했던데."

그럼, 그렇지.

"우리 회사 거는 아버지랑 남동생을 수익자로 지정했는데 'SNC라이프'에서는 여동생하고 전부인을 수익자로 지정했다더라고요."

여동생도?

신연아는 내가 묻지 않아서 말하지 않았다고 할 것이다.

"금액은요?"

"우리 거랑 같은 걸로 알고 있습니다."

"전부인이랑 여동생들도 이 사실을 알고 있겠죠?"

"그렇겠죠."

꽃미남은 제법 얼굴값을 했다.

SNC라이프 회의실은 그래프는 없었지만 창문이 없어 숨 막히는 건 마찬가지였다. 바깥을 볼 수 없는 곳에서 오랫동안 회의하다 보면 한 명쯤 죽이고 싶지만 그럴 수 없기 때문에 대신 누군가 죽기를 바랄 것만 같았다. 내가 숨이 막혀 직장을 그만둔다고 했을 때 X가 대꾸했다. "배가 너무 불러서 횡경막이 손상된 건 아니고?" 내 적성을 찾았다며 사람 찾는 일을 한다고 했을 때 X는 〈넘버 3〉에 나온 한석규의 표정을 흉내 내며 말했다. "뭘 하든 열심히 해보셔." X의 냉소는 빙하기 이후 가장 차가웠다. 그후 나에 대해 얼마 남겨두지 않았던 X의 모든 기대와 관심조차 영민이에게 이동했다. 이혼 후에야 비로소 내 횡경막은 원활하게 작동했다.

플래너가 들어왔다. 삼십대 후반으로 보이는 날씬한 여자였다. 플래너가 환하게 웃으며 명함을 건넸다. 치아에 투명한 교정기를 찼다.

"신인범 씨 보험 문제로 오셨다고요?"

"가입할 때 좀 이상한 건 없었을까요?"

"뭐가요?"

"가령 강제적인…… 뭐, 억지로 가입하고 있다거나?"

"아뇨. 잘 알고 계셨고 제가 별로 설명해드릴 필요가 없었어요. 누가 시켜서 그런 건 전혀…… 아니었던 거 같아요."

"'온주생명'에도 가입돼 있다는 건 언제 아셨어요?"

"이틀 전에요. 손해사정사가 보고서를 쓰는 과정에서 알게 됐나 봐요. 그게 아니어도 손해보험협회 홈페이지에 들어가서 보험 가입 조회를 하면 쉽게 알 수 있어요."

"누구나요?"

"사망자 직계가족이면 누구나."

사망자 직계가족이 미리 알고 있었다면 조회할 필요가 없었을 것이다.

"이럴 경우 보험 사기일 가능성이 있지 않을까요?"

"전 잘 모르겠어요."

잘 모를 것 같았다. 몇 가지 더 물었지만 플래너의 대답은 들으나 마나 한 소리였다.

신인범은 하루 간격으로 두 보험사에서 같은 액수의 보험에 가입했다. 전부인의 알리바이도 확인할 필요가 생겼다.

"혹시 무슨 이상한 게 있으면 연락 주세요."

내가 명함을 주었다.

"어떤 이상한 거요?"

"뭐, 어떤 거라도."

신연아는 다시 회사에 출근했다. 일이 끝난 후 신연아는 사람들을 만나 와인바로 갔다. 나는 와인바 밖에 차를 세우고 망원경으로 신연아를 관찰했다. 사람들이 신연아의 언어에 주목했다. 〈크랙〉에서 에바 그린이 제자들한테 자신이 돌아다닌 세계 곳곳에 대해 설명한다. 학생들은 선생님의 다양한 공간적 경험을 동경하며 귀를 기울

146

인다. 결국 영화에서 에바 그린은 한 번도 학교가 있는 지역을 벗어난 적이 없었다는 사실이 밝혀진다.

신연아가 자리를 뜨는 게 보였다. 화장실에 가는 것 같았다.

휴대폰이 울렸다.

"왜 연락이 없나 해서."

다연의 목소리에 취기가 돌았다. 다연은 취하면 최근에 있었던 재미있는 일을 늘어놓는다. 나는 다연의 말을 잘랐다.

"지금은 타이밍이 아니란 말이야?"

차창을 두드리는 소리가 났다. 문을 열자 신연아가 서 있었다. 나는 서둘러 전화를 끊었다.

"집에 데려다주실래요?"

신연아가 뒷좌석에 탔다.

"스토킹하는 거예요?"

"그럴 리가요."

"그럼 뭐 하시는 거죠?"

"우연이죠. 신이 만든 필연이 아닙니다."

언제부터 내가 미행한다는 걸 알고 있었을까. 차분함을 가장한 신연아의 태도는 몹시 기분이 나쁘다는 역설적 언어였다.

신연아가 차문을 열었다.

"다시는 몰래 절 보지 않았으면 좋겠네요."

임대주택

나는 2단지에 주차했다. 아파트 뒤편은 둘레길과 이어졌다. 등산복을 입은 중년의 남자와 여자가 둘레길을 오르는 게 보였다. 남자가 다정하게 여자의 손을 잡아주는 게 부부 같지 않았다. 계단식 복도를 지나 805호로 들어서자 공미영이 정장을 입고 기다렸다. 방에선 두 아이가 그림을 그렸다. 공미영이 시키자 아이들이 나와 형식적으로 인사하고 도로 들어갔다. 나는 가정교육의 수단이 된 기분이었다. 남자아이는 남자를 학습하는 중인지 내게 적대적이었다. X에 따르면 영민이가 처음에는 재혼한 소령에게 적대적이었다가 지금은 잘 지낸다고 한다. 처음에 적대적이었던 건 나에 대한 의리보다 제 엄마를 고스란히 소유하지 못하기 때문이었을 것이다.

공미영은 검은색 정장 안에 흰색 블라우스를 받쳐 입었다. 정장은 구식 모델이었다. 자주 입는 옷이 아닌지 불편해 보였다. 공미영의 긴 생머리는 여러모로 어울리지 않았다. 내가 전화했을 때 공미영이 집으로 올 손님이 있다면서 집에서 보자고 했다. 아이들을 두고 밖으로 나가기가 쉽지 않았을 것이다. 공미영은 집에 커피가 없다며 녹차를 내왔다. 18평쯤 돼 보이는 작은 집이었다. 방 두 개, 화장실 하나, 거실과 부엌이 구별되지 않는 공간 하나. 좁은 공간에서 세 사람이 살게 된 것은 신인범의 실패 때문이다. 실패 전에 이 가족은 38평 아파트를 소유했다. 벽에는 한자어를 쉽게 설명한 그림이 붙어 있었다. 집 안 전체가 장식적이기보다는 효율적이었다.

"평일인데 쉬시네요?"

"주말에 바쁘니까요."

공미영은 아웃렛 남성복 매장에서 일했다. 두 아이를 홀로 키우기에 적당한 월급을 받진 못할 것이다.

"코트 열 벌이 있어야 겨울을 나는 사람도 있지만 단벌로 나는 사람도 있죠. 당장은 버틸 수 있어요. 친정 오빠가 농사를 짓는데 먹는 건 다 보내주거든요."

당장은 버틸 수 있더라도 아이들이 중고등학교에 가면 다른 아이들을 따라가기 위해 드는 비용이 만만치 않을 것이다. 신연아와 신인학, 신창술은 그래도 신인범과 피가 섞였지만 공미영은 피 한 방울 섞이지 않았다. 피보다 진한 물도 있다지만 물에 섞였던 다른 성분들이 증발하고 나면 물은 본래의 느슨한 결정체로 돌아갈 것이다.

"보험은 죽고 나서 알았어요."

"불행 중 다행이네요."

"불행인지 다행인지 잘 모르겠어요. 그냥 저한테 일어난 일이에요."

딸아이가 나와서 엄마한테 그림을 봐달라고 했다. 공미영이 이번엔 수학 숙제를 하라고 지시했다. 딸아이가 방으로 곧바로 들어가지 않고 날 멀뚱하니 보았다. 나는 예쁘게 생겼다고 말해주었다. 아이가 부끄러운 듯 웃고는 방으로 들어갔다.

"보험에 들었다고 왜 미리 말씀을 안 했을까요?"

"원래 그래요."

공미영은 헤어진 전남편의 죽음에 대해 뜨겁지도 차갑지도 않았다.

"둘째 가졌을 때까지만 해도 애들 아빠가 회사에 다니고 있었어요."

신인범은 우동에 들어가는 면을 만드는 공장에 다녔다. 그 공장에서 나온 제품의 시장점유율이 30% 가까이 되는,

제법 건실한 중소기업이었다. 신인범은 영업직으로 입사
했다. 아이디어가 많은 사람이라 개발부로 보직이 변경
됐다. 신인범의 성실함과 회사에 대한 주인의식 때문에
윗사람한테 인정을 받았다. 공미영은 둘째를 낳기 전에
집을 18평에서 24평으로 옮기려고 계획 중이었다. 부부
가 각자의 이름으로 적금을 붓고 있었는데 남편의 이름
으로 붓던 적금이 깨졌다는 사실을 알게 되었다. 남편을
추궁했더니 이미 회사를 그만두고 사업하려고 모든 준
비를 마친 상태였다. 공미영은 황당했다. 결혼한 지 4년
이 지나고서야 그런 모습이 바로 신인범이라는 걸 알게
된 것이다.

"일에 중독된 사람이에요."

물려받을 게 없다면 일에 중독되지 않고 이 땅에서 살
아남을 수 있을까.

"이혼은 경제적인 이유 때문에 하신 건가요?"

공미영이 앞머리를 옆으로 쓸어내렸다.

"은행 직원이 전화해서 협박했어요."

"은행에서요? 뭐라고요?"

"위장인 거 아니까 저보고도 돈 갚으라고요."

"불법일 텐데?"

"대기업이 중소기업의 아이디어를 훔쳐가는 건 합법인

가요?"

공미영이 조감도를 내려다보듯 날 보았다.

"양 이사하고는 연락이라도?"

"왜요?"

"도의적으로 찾아올 수 있잖아요."

"장례식 때 모르는 번호로 연락이 와서 밖으로 나왔더니 그 인간이더라고요. 부줏돈을 주고 싶다나."

"받으셨나요?"

"우리한테 손해 끼친 만큼이 아니면 안 받겠다고 했어요."

"위장 이혼이었나요?"

"상황이 좋아지면 다시 합칠 예정이었어요. 다시 상황이 좋아져도 합칠지 말지 저는 생각 중이었고."

"왜요?"

"열심히 살다가 안 될 수도 있긴 한데, 사람이 변한 건 견딜 수가 없었어요. 그리고……."

공미영이 쉽게 말을 잇지 못했다.

"제가 마트에서 일하는 게 불만이래요. 이럴 때 여자가 노래방에라도 나가야 되지 않겠냐고. 한 달에 삼사백은 벌 수 있다면서."

노래방에서 남자들의 손길을 견뎌야 하는 건 공미영에

게 자신을 내려놓는 순서의 제일 마지막일 것이다. 공미영은 여전히 긴 생머리를 유지했다. 머리가 아픈지 공미영이 양쪽 엄지손가락으로 관자놀이를 눌렀다.

"잠깐만요."

공미영이 방으로 들어갔다. 무언가 중얼거리는 소리가 들렸다. 처음엔 통화하는 줄 알았는데 상대에 대한 반응이 아니라 일방적으로 내뱉는 중얼거림이었다. 방에서 간절함이 새어 나왔다.

"하느님 아버지……."

딸아이가 문제집을 들고 방에서 나왔다. 엄마 어디 있냐고 물었고 내가 손으로 공미영이 들어간 안방을 가리키자 아이가 방 가까이 가서 귀를 기울이더니 다시 내게로 왔다.

"이거, 물어봐도 돼요?"

곱셈과 나눗셈이 섞인 문제였다. 나는 아이한테 나눗셈을 암산으로 하지 말고 옆에 빈 공간에 연필로 써야 한다고 말했다. 이제 곱셈과 나눗셈을 배워서 언제 돈을 벌어 가정경제에 도움이 될 수 있을까. 그때까지 공미영은 아웃렛에서 버틸 수 있을까.

"엄마가 기도 자주 하시니?"

"혈류성 편두통이 오면."

"머리는 자주 아프시니?"

"아프고 싶을 때."

내가 웃자 아이도 따라 웃었다.

"어른 되면 수학처럼 재미없어요?"

"수학이 싫어?"

"영어는 좋아요."

"영어 잘해?"

아이가 웃으며 고개를 끄덕였다.

"어른이 수학보단 재밌어."

"뭐가 최고예요?"

"적어도 지금 어른들이 너한테 하지 말라는 걸 할 수도 있고 하라는 걸 안 할 수도 있긴 해."

"우리 엄마는 옷 파는 거 너무 싫은데, 안 할 수 없어요."

"그건……."

"우리 미국에 가요?"

"어?"

아이가 문제집을 들고 방으로 들어갔다. 내가 자신의 궁금증을 해결해줄 수 없다고 판단한 것 같았다.

10분쯤 지나자 공미영이 나왔다.

"죄송해요."

"신인범 씨랑 마지막으로 통화한 건 언젭니까?"

신인범이 죽기 사흘 전에 공미영한테 전화를 걸었다. 통화 명세서에서 확인한 대로였다. 아버지한테 사업 자금을 얻으면 다시 시작할 거라고 했다. 빚 다 갚고 집 한 채 다시 장만하면 함께 살자고, 신인범이 울면서 말했단다.

"평소 약속은 잘 지키는 분이었나요?"

"목숨처럼 생각했어요."

남자아이가 방에서 나왔다. 괜히 엄마 품에 안겼다. 공미영이 아이를 꼭 안아주었다. 공미영이 시계를 쳐다봤다.

"거주 실태 조사가 나와요."

"거주 실태 조사요?"

"임대주택이라 대상자가 살고 있는 게 맞는지 방문하러 와요."

내가 X와 살던 아파트에서 임대주택 단지와 일반 분양 단지들 사이에 있는 통로에 철조망이 설치되었다. 경비 아저씨는 "사람들이 해도 해도 너무"한다며 "북에서 넘어오든지 해서 세상이 빨리 망해야 정신들을 차릴 거"라고 혀를 찼다. 일반 분양 단지의 부녀회에서 임대주택에 사는 사람들이 다니지 못하도록 통로를 차단했다는 것이다. 경비 아저씨는 자신의 지인이 마포의 한 주상복합 아파트에 살고 있는데 임대아파트 입주민들은 아예 편의 시설을 이용하지 못하도록 별도의 통로로 드나들게 만들었다고 했다.

"19일 날 어디 계셨습니까?"

"잠깐만요."

공미영이 아이를 데리고 방으로 들어갔다. 나는 잠시 멍하니 있다가 앉은뱅이책상에 있는 컴퓨터를 부팅했다. 바탕화면에 십자가와 예수의 형상이 있었다. 화면 오른쪽 위에 글귀가 보였다.

'당신의 피조물들을 통해 알게 된 당신의 보이지 않는 본성을 나는 보았나이다.'

부팅이 끝나고 USB를 꽂았다. 안방에서는 서랍을 여닫는 듯한 소리가 들렸다. 공미영이 의심할 걸 대비해 이메일을 열어놓았다. 방문 열리는 소리에 이어 발소리가 들렸다가 그쳤다. 이메일 제목에 '황승찬 기자입니다. 이번 주 기사에 대해 간략하게 적습니다'라고 썼다. 다시 발자국 소리가 났다.

"기자분이 노트북을 안 가지고 다니세요?"

"죄송합니다. 허락도 안 받고 써서."

"괜찮아요."

"제 노트북은 수리 맡겨서요. 맥북이 한국에선 별로 원활하지 않더라고요."

변명이 길었나 싶었다. 공미영이 작은방으로 들어가서

아이들과 이야기를 했다. 레드독을 설치했다. 공미영이
방에서 나와 내게 여권을 건넸다.

"19일엔 미국에 있었어요."

15일 날 미국에 입국했다는 도장이 찍혔다. 20일 날
한국에 들어왔다는 출입국 사무소의 도장까지 공미영의
알리바이는 명백했다.

"아이들하고 같이 가신 건가요?"

"네. 큰마음 먹고 애들 영어 공부도 시킬 겸 갔다가 사건
이 터지는 바람에 바로 왔죠."

공미영의 동생이 시카고에 살았다.

"이민을 가실 건가요?"

"갈 수만 있다면."

나는 여권을 도로 건넸다.

"제가 말씀드린 거, 신문에 나올까요?"

"글쎄요. 더 취재해보고 결정하게 될 것 같습니다."

"위장 이혼 부분은 뺐으면 좋겠는데."

"그러겠습니다."

"제가 기자라면 양 부장에 대해서 쓸 것 같아요."

"네덜란드 출장 중이라 아직 못 만나봤습니다."

"그런 거 생각해보신 적 있으세요? 어쩌다 여기까지
왔을까?"

어디선가 길을 잘못 들었겠지.

"도전적이고 정직한 남자를 좋아하는 여자의 결말은 이런 거였어요."

나는 녹차를 마셨다.

"아웃렛에서 물건 사지 마세요."

"예?"

"다는 아니겠지만 요즘엔 아웃렛으로 들어가는 물건이랑 백화점으로 들어가는 물건이랑 달라요. 원래 아웃렛이라는 게 이월상품이잖아요. 아웃렛이 얼마나 많아요. 이월이 그렇게 많지가 않기 때문에 신상품을 팔아요."

"신상품을 싸게 사면 더 좋은 거 아닌가요?"

"처음부터 좋지 않은 물건을 파는 거죠. 싸게 파는 게 아니라. 애들 아빠나 저는 백화점에 들어갈 사람들인데 이월된 게 아니라 처음부터 아웃렛으로 직행할 사람들이었던 것 같아요."

공미영은 끝내 눈물을 흘리지 않았다.

"그만 일어나겠습니다."

복도에서 엘리베이터를 기다렸다. 엘리베이터가 열리고 여자가 내렸다. 엘리베이터를 타고 버튼을 눌렀다. 여자가 805호 앞에서 초인종을 눌렀다. 여자는 돌아가서 805호에 실제 공미영이 아이들과 별문제 없이 살고 있다

161

는 보고서를 쓸 것이다. 가족의 차가운 균열을 읽어내지
도 서술하지도 않을 것이다.

공미영은 임대주택 앞에 놓인 철조망을 넘고 싶었을
것이다. 전남편이 죽음으로 5억 원의 수익자가 된다는 사
실을 알고 있었다면, 아웃렛에 다니면서 두 아이를 키울
수 없다고 판단했다면 살해 동기는 충분하다. 완벽한 알
리바이를 만들어놓았지만 그것은 청부살인의 완벽한 단
서이기도 하다.

신인범은 제 발로 걸어가서 제 손으로 보험에 가입했
다. 신연아의 말대로 2년 후에 자살할 결심을 했던 걸까.
2년이 지나야 자살도 보험료가 지급된다. 2년 동안 독한
결심을 유지하는 게 사실상 불가능하기 때문에 그렇게
규정한 것이리라. 보험금을 내고 나면 신인범의 생활은
어땠을까. 아무리 굳은 결심을 했더라도 경제적으로 정
신적으로 견디기 어려웠을 것이다. 신인범은 초농에 대
해, 초농의 도둑질을 묵인하는 질서에 대해, 양 이사에 대
해 원망하다가 자기 자신에 대해 원망하지 않았을까. 신
인범이 자기 자신을 심판했던 게 아닐까.

천동석한테 전화를 걸었다.

"신연아 차 블랙박스를 경찰에 제출했다고 했지?"

"용건 말하기 전에 인사라도 좀 나누자. 우리 아버지가

전화하신 줄 알았네."

"그 블랙박스 좀 확보해줘."

"급한 거야?"

"인사치레할 시간도 없을 만큼."

신인범은 신연아의 차를 빌려 19일 날 아버지가 살고 있는 집으로 향했다. 신인범의 마지막 모습이 블랙박스에 담겼다. 천동석한테 받은 동영상을 확인해가며 가락읍으로 천천히 차를 몰았다. 짬짬이 레드독 1과 레드독 2, 공미영의 데스크톱에 설치한 레드독 3을 확인했다. 레드독 1 화면에 〈드래곤 길들이기〉가 나왔다. 신인학이 아이들에게 보여주고 있는 모양이었다.

용인휴게소에 들어왔다. 동영상의 배경과 일치하는 곳에 주차했다. 동영상을 재생했다. 신인범이 맥도날드에서 봉투를 들고 나왔다. 테이블에 앉아 햄버거를 먹었다. 차를 향해 시선을 두었다. 카메라와 신인범의 거리가 멀었지만 그가 햄버거를 먹으며 여러 번 블랙박스를 정면으로 흘끗거리는 게 보였다. 죽기 전에 신인범이 마지막으로 먹었던 햄버거였을 것이다. 신창술과 신연아의 증언대로 추위를 많이 타는 사람이었다면 겨울치고 별로 춥지 않은 날씨였고 매장 안이 답답했더라도 밖에서 햄버거를 먹지 않았을 것이다.

신창술이 살고 있는 마을로 들어가는 입구에 편의점이
하나 있었다. 블랙박스에서 신인범이 마지막으로 등장
한 곳이었다. 편의점 사장한테 10만 원을 찔러주었더니
CCTV를 보여주었다. 편의점 밖에 신인범이 타고 온 차
가 삐딱하게 세워지는 게 보였다. 신인범이 편의점 안으
로 들어왔다. 정면이나 후면으로 주차할 공간이 충분한
데도 신인범은 10시 방향으로 주차했다. 편의점에 들어
온 신인범은 직원에게 무언가를 요구하고는 냉장고를
열어 음료수를 하나 꺼내는가 싶더니 다시 직원한테 와
서 무언가를 말했다. 직원이 계산대를 나와서 신인범과
함께 냉장고로 갔다. 직원이 한참 동안 설명하더니 계산
대로 돌아왔다. 신인범은 찾는 음료수가 없었는지 편의
점 중간으로 와서 물건을 골랐다. 신인범과 직원이 다시
이야기를 주고받았다. 직원이 계산대를 나와서 신인범
한테 갔다. 또다시 두 사람이 대화를 나누었다. 신인범은
이해를 못 하겠다는 듯 두 팔을 벌리더니 계산대로 갔다.
감정 표현이 풍부한 흑인처럼 제스처가 과장돼 보였다.
직원이 담배 한 갑을 건네고 돈을 받았다. 신인범이 편의
점 밖으로 나가서 자신의 차 앞에서 담배를 피웠다.

"저분은 언제 일하죠?"

나는 동영상 속 직원을 가리키며 사장에게 물었다.

"한 시간 후에 와요."

차로 돌아와서 태블릿에 저장된 신인범의 마지막 모습을 다시 보았다. 편의점에서 나온 신인범의 모습을 카메라가 180도 넘어가서 연결하여 찍은 듯했다. 신인범이 손바닥에 담배를 몇 번 털고 나서 피웠다. 담배를 피우며 신인범은 휴게소에서 그랬던 것처럼 블랙박스를 흘끗거렸다. 편의점 CCTV와 차량의 블랙박스, 두 개의 카메라가 연결해준 신인범의 감정이 보이는 것 같았다.

레드독 2에선 신연아가 구두를 골랐다. 레드독 3에 영어학원 홈페이지가 열렸다. 공미영이 강사 소개를 클릭했다. 원어민 강사들의 이력이 나왔다. 웹디자인부터가 고급스러웠다. 학원비가 꽤 비쌀 것 같았다. 보험료가 나오면 원어민 강사가 있는 영어학원에 아이들을 보낼 계획일 것이다. X도 영민이를 영어유치원에 보낸다. 나는 비정기적으로 그 비용 중 일부를 댄다. 결과적으로 영민이가 성장하는 데 가장 쓸데없는 비용이 될 것 같다는 말은 하지 않는다.

동영상에 등장한 직원이 출근했다. 당시 신인범하고 무슨 이야기를 했는지 물었다.

"편의점에 없는 것만 물어보시던데요. 처음에는 카페베

네에서 나오는 커피가 왜 냉장고에 없느냐고 하더라고
요. 창고에라도 있는 거 아니냐고 찾아봐달라고 했어요.
우리는 그 물건을 안 갖다 놓는다니까 그게 맛있는데 왜
안 갖다 놓느냐고. 좀 황당했어요. 또 새우깡은 매운맛이
왜 없냐고 그랬고. 제가 장부를 확인하고 지금 창고에도
없다고 말했어요. 그리고 몇 개 더 물어봤는데. 아무튼
우리 편의점에 없는 것만 말씀하시더라고요."

"인화성 물질 같은 건 물어보지 않았나요?"

"인화성?"

"라이터나 부탄가스 같은 거."

"아뇨. 다 먹는 거였는데요?"

"특별히 좀 이상한 말은 없었어요?"

직원이 골똘히 생각에 잠겼다.

"다급해 보인다거나?"

"이상한 게 아닐 수도 있는데, 편의점에 CCTV는 잘 돌
아가는지 묻더라고요. 그렇다고 했더니, 요즘엔 한국도
편의점에 강도가 들지 모르니까 CCTV 끄면 안 된다고.
지금도 돌아가고 있느냐고. 그래서 항상 돌아간다고 했
죠. 얼마 동안 저장하느냐고 물어서 잘 모르겠다고 했어
요. 나중에 편의점을 털려고 그러나 싶어서 사장님한테
도 말씀드렸어요. 사장님은 직원한테 예고하고 터는 도

둑놈도 있느냐고."

편의점에서 나와 차에 시동을 걸고 동영상을 다시 보았
다. 신인범이 블랙박스를 쳐다보는 순간 정지시켰다. 신
인범은 편의점 CCTV와 자동차 블랙박스에 왜 자신을
남기려 했을까. 편의점 앞에 넓은 공간이 비었는데도 주
차를 삐딱하게 했다. 대리운전을 하는 사람인데 운전에
서툴 리 없었다. 메시지를 전달하려는 것이다. 도움을 요
청하려던 걸까. 자살하는 사람들이 사전에 구원을 요청하
는 것처럼?

천동석에게 동영상을 보여주었다.

"마지막에 블랙박스를 보고 무언가 이야기하고 싶어
하는 거 같지 않아? 아니면 뭘 직감했을까?"

"옛날에 말이야. 우리 할아버지가 갑자기 전화를 걸더
니 말씀하셨지. 할머니 무덤에 갔다가 와야겠는데 같이
갈 수 있겠느냐고. 나는 바쁘다고 핑계를 댔지. 한 달쯤
후면 추석이니까 그때 성묘를 함께 가자고 했어. 할아버
지는 기어코 내일 가야 한다면서 퉁명스럽게 전화를 끊
었어. 우리 할아버지가 잘 삐치셨거든. 할아버지가 내 동
생한테 전화를 걸었어. 동생 놈은 무지 착해. 동생과 할
아버지가 할머니 산소에 다녀왔어. 사흘 후 할아버지가

주무시다가 돌아가셨고. 신인범도 우리 할아버지처럼 자신의 죽음을 예감하지 않았을까?"

"모두의 알리바이가 완벽해. 신창술, 신인학, 신연아, 양 이사, 공미영까지."

"그래서?"

"보통 용의자 중에서 누군가는 범인이 아니어도 알리바이가 애매해야 하잖아. 그런데 알리바이가 완벽한 게 이상하지 않다고 보면 이상하지 않은 거잖아."

"이상하다는 거야, 안 이상하다는 거야?"

"자작극 아닐까?"

"자살?"

"아니면 자연발화."

"이럴 거야?"

"세상의 원리는 불확실해."

"난 당신의 감만 믿고 있는데 자연발화라니."

천동석이 다시 태블릿을 재생해서 보았다.

"신인범이 이런 말을 하고 있는 거 같은데? 죽느냐 사느냐 그것이 문제로다."

"죽느냐 사느냐가 아니라 죽을 수도 없고 살 수도 없는 게 문제지."

미스터
메르세데스

골프장 옆에 차를 대놓고 신인학을 기다렸다. 신인학
은 회사를 나오면서 통화하는 중이었다. 신인학이 도로
로 나오자 검은색 벤츠가 비상 깜빡이를 켰다. 그러더니
벤츠에서 지나치게 건장한 남자가 내렸다. 남자가 신인
학의 팔을 잡아 차에 태웠다. 신인학은 저항하지 않았다.
나는 벤츠를 뒤쫓아갔다. 골프장을 돌아 아파트 단지 입
구에 차를 댔다. 남자와 신인학이 내렸다. 나는 벤츠의 시
야에서 벗어나기 위해 주정차 위반 단속카메라 바로 아
래 차를 세울 수밖에 없었다. 아파트 입구에 국민은행
ATM기 부스가 있었다. 신인학이 부스로 들어갔다. 두툼
한 돈뭉치를 들고 나왔다. 남자가 신인학한테 돈을 받고
그의 머리를 두드렸다. 신인학의 캐릭터로 볼 때 화내야

하는 장면이었지만 그는 저항을 포기했다. 신인학이 남고 벤츠는 떠났다. 나는 벤츠를 쫓았다.

벤츠가 교회 첨탑이 있는 건물 지하로 들어갔다. 주차장에 출입 차량을 통제하거나 요금 받는 시설은 없었다. 입구에 외부 차량에는 스티커를 부착한다는 경고문구가 선명했다. 벤츠가 주차장 엘리베이터 앞에 멈췄다. 나도 주차를 하고 모자를 눌러썼다. 심장이 터질 듯 뛰었다. 벤츠에서 내린 남자가 손가방을 들고 엘리베이터 버튼을 눌렀다. 아까 신인학한테 돈을 받던 남자와는 다른 사람이었다. 벤츠는 밖으로 나갔다. 무리의 우두머리가 돈만 챙긴 것 같았다. 나도 엘리베이터 앞으로 갔다. 일대일이라 부담이 덜했다. 엘리베이터가 열리고 벤츠와 내가 탔다. 나는 휴대폰을 꺼내 인터넷을 보는 척했다. 벤츠가 5층 버튼을 눌렀다. 나는 깜빡했다는 듯 6층 버튼을 눌렀다. 내 연기가 전달됐는지는 모르겠다. 좋게 말해도 소용없을 것이다. 일단 5층에서 따라 내리자. 5층 엘리베이터 앞이 한갓져야 한다. 엘리베이터 문이 열렸다. 조용했다. 벤츠가 내렸다. 문이 닫히기 전에 나도 내려버렸다. 복도 양쪽에 사무실이 몇 개 있는데 문이 모두 닫혀 있었다. 놈 앞에 계단으로 빠지는 커다란 문이 보였다. 심호흡을 하고 나는 벤츠를 향해 뛰었다. 놈이 뒤돌아보았다. 나는 왼팔로 놈의 목을 뒤에서 휘감고 목에 칼을 들이댔다. 놈은 왼손을 위로 올리며 저항할 의사가 없다고 표현했다. 시시한 승리였다. 나는 벤츠를 끌고 계단 쪽으로 빠졌다. 5층과 4층 사이로 내려갔다. 조그만 창문턱에 담뱃재가 떨어져 있었다. 시간을 끌면 누군가 담배 피우러 올 것이다. 벤츠는 순순히 몸을 맡겼다. 자신의 목을 위협하는 칼을 영리하게 받아들였다. 뭘 좀 아는 놈이다.

"누구?"

"신인학한테 돈은 왜 받았어?"

"신인학? 아, 지게차가 보냈어?"

"양아치 심부름이나 하진 않지."

"그럼, 뭐야?"

벤츠가 들고 있던 손가방을 내밀었다.

"돈은 뭐냐고?"

"비즈니스."

나는 무릎으로 벤츠의 옆구리를 걷어찼다.

"오경민헤어는 뭐야?"

"오경민?"

"미용실."

놈이 웃었다.

"당신 누군데 아무것도 모르면서 뭐 하자는 거야?"

"내가 궁금한 건 신인학이야."

"경찰은 아닌 것 같고."

"마지막으로 묻는다. 받은 돈은 뭐야?"

"빚."

"청부살인?"

"살인? 그거 재밌겠는데."

놈의 웃음소리가 컸다. 나는 놈의 목을 조르고 무릎으로 놈의 허벅지를 강타했다. 그때, 뒤통수에 불이 난 줄 알았다. 각목으로 얻어맞은 것이다. 두 놈이 내게 달려들었다. 한 놈이 몸무게를 이용해 내 팔을 뒤로 꺾었다. 가슴뼈가 금방이라도 앞가슴을 뚫고 나올 것 같았다. 난 각목의 충격에 몸을 제대로 가누지 못했다. 두 놈이 내 상체를 완전히 제압해서 내 의지대로 움직일 수 없었다. 놈이 크게 웃은 게 부하들에게 보내는 신호였던 것이다. 벤츠와 나의 위치가 역전됐다. 내 승리는 언제나 오래가지 못한다.

"너무 두려워하지 마. 대대로 불교 집안에서 자랐기 때문에 살생은 안 하니까."

"우리 집은 기독교 집안인데 사랑을 안 하는데."

"사무실로 끌고 와."

사무실 소파에 앉고 나서야 코에서 피가 흐르는 걸 알았다. 테이블에 있는 휴지를 뜯어 피를 닦았다.

"담만 센 거야? 몸은 약하고?"

부하 둘이 양옆에서 각목으로 날 겨누었다. 사무라이가 되고 싶은 조폭처럼.

"신인학이랑 무슨 사이야?"

내가 명함을 꺼내 건넸다. 컨테이너하우스 화재사건을 취재 중인데 신인학이 청부살인을 한 게 아닐까 싶어서 뒤를 밟았다고 말했다. 출처를 알 수 없는 곳에서 벨 소리가 났다. 왼쪽에 있던 부하가 벤츠와 날 번갈아 보았다. 벤츠가 고갯짓을 하자 부하가 장식장을 밀고 문을 열었다. 안에 또 다른 공간이 있을 줄 몰랐다. 사무실 두 개를 얻어 벽을 튼 것 같았다. 안쪽에서 두 남녀가 나왔다. 안쪽에서는 사람들이 몇 개의 슬롯머신 앞에 앉아 돈을 잃는 중이었다. 부하가 장식장을 다시 밀어 게임 공간을 밀폐했다. 남녀를 책상으로 데려가 칩을 받고 돈을 내주었다. 여자가 코피를 닦고 있는 날 보며 윙크했다.

남녀가 밖으로 나갔다.

"신인학한테 도박 빚 받으러 간 거야."

벤츠가 사탕을 씹으며 물었다.

"미용실에서?"

"탄로가 났으니 다음엔 옮겨야지."

신인학은 미용실에서 2백만 원을 빚졌다.

"손가락이라도 하나 부러뜨릴까요?"

자리로 돌아온 부하가 물었다. 복 없게 생긴 얼굴이었다.

"경찰에 신고하거나 내 눈에 한 번만 더 띄면 그때."

"그래도 기잔데 헛소리 지껄이면……."

"기자는 무슨."

벤츠의 지시로 부하가 명함에 있는 내 번호로 전화를 걸었다. 휴대폰이 울렸다.

"어이, 헬로 인천. 내가 신인학이에 대해서 재밌는 거 말해줄까?"

"그러든가."

벤츠가 내 반말을 허용하는 게, 부하들은 마음에 들지 않는 눈치였다. 그들이 우리의 반말을 이해하지 못하는 것이 바로 그들과 내가 다른 레벨이라는 걸 증명한다고 나는 말해주고 싶었다. 벤츠는 날 마음에 들어 했고 난 그걸 알아챈 것이다. 언제나 자신에게 복종하는 부하들에 둘러싸여 있는 벤츠가 자신에게 제압당했는데도 굴하지 않는 내 모습에 윙크라도 하고 싶은 마음이 든다는 게 뭔지, 평생 남 밑이나 닦을 놈들은 모를 것이다.

"신인학 형이 무슨 사업을 하다가 망했다더라고. 신인

학이 1억을 빌려줬는데 형이 사업 망하기 전에 그 돈을 갚았다는 거야."

"갚았다고?"

"신인학이 갑자기 은행에다 돈을 갚으면 형한테 나온 게 빤하니까 형이 그 돈을 차명계좌로 준 거야. 가지고 있다가 나중에 조금씩 빼서 은행 빚을 갚으라고. 그런데 신인학이 그 돈을 도박으로 다 날렸어. 우리한텐 VIP 바로 아래 고객이지."

"호구 아니고?"

"같은 말이잖아."

나는 손가락 하나 부러지지 않고 건물을 나왔다.

운전석에 앉아 시동을 거는데 몸이 뻐근했다. 각목으로 맞은 뒤통수에서 혹이 만져졌다.

나는 그린베이커리에 전화를 해봤다.

"양재오 이사님은 귀국해서 출근하시는데요."

커피숍에서 기다렸다. 흰색 벤츠가 커피숍 건너편 주차장으로 들어가는 게 보였다.

"차가 좋네요."

앞에 앉는 양 이사에게 말했다. 점심시간에 시간을 내서 나를 만나준 양 이사는 에르메네질도 제냐를 입었다.

상품 레벨에 걸맞은 옷걸이였다. 배도 별로 나오지 않았고 어깨는 적당히 넓으며 키도 180센티쯤 되는 것 같았다. 눈썹은 짙었고 샤프한 턱선에 눈빛이 촉촉한 게 감성적으로 보였다.

"기러기 아빠 하느라 힘드시겠어요."

"말로 다 할 수 있겠습니까?"

"영국에 보내신 특별한 이유는 있습니까?"

"애들을 옥스퍼드에 보내는 게 집사람 소원이라서. 애들도 원하고."

"양 이사님의 소원이기도 하고요?"

"가족의 소원이 제 소원이죠."

끊임없이 전화가 와서 양 이사는 그때마다 내게 정중하게 사과했다. 그 정중함은 스프레이로 고정한 헤어스타일 같았다. 양 이사가 전화로 업무 보는 틈틈이 나는 찾아온 용건을 설명했다.

"이야기를 정리하자면 제가 네덜란드로 출장을 갈 때, 알리바이를 만들어놓고 신 사장을 청부살인이라도 했다는 말씀인가요?"

"저는 이사님이 청부살인 했을 거라는 말을 한 적이 없는데요?"

"제가 오버했습니까?"

양 이사는 행간을 정확히 읽을 만큼 영리했다. 치밀하게 계산하고서 고구마면의 정보를 가지고 나갔을 것이다. 신인범이 이기기 어려운 상대였을 것이다.

"귀국 날짜는 왜 미뤄졌을까요?"

"현지에서는 항상 변수가 있습니다."

"귀국하시자마자 바로 연락을 안 하셨네요."

"보시다시피 원체 바빠서요. 검찰에서 부른 것도 아닌데 의무도 아니고요."

만나주는 것만 해도 고마운 일이긴 하다.

"호사가들은 저를 배신자라고 하겠지만 잘 몰라서 하는 말입니다."

양 이사는 이미 고구면이 초농에서도 개발 중이었다고 말했다. 굳이 따지자면 누가 먼저랄 것도 없는 개발이었다는 것이다. 양 이사의 목소리와 눈빛에는 정글에서 살아남은 사람 특유의 자신감이 배어 있었다. 계속 살아남을 사람의 조심성도 있었다.

"5년 전쯤부터 아이디어가 있었던 건 사실이에요. 그런데 그 아이디어를 너무 여기저기 말하고 다녔어요. 제가 그러지 말라고 수차례 말렸는데도 술만 마시면 고구마로 라면을 만들 거라고 떠들었어요. 그 이야기가 초농에 흘러들어갔을 수도 있고요. 무관하게 초농에서도 개발 중이었을 수도 있고."

당신이 갖다 바쳤을 수도 있고.

"저는 양 이사님이 배신했는지 안 했는지는 관심 없습니다."

중요한 건 신인범을 누가 죽였느냐는 것이다.

"두 사람은 왜 갈라지셨습니까?"

"고집불통이었어요."

즉석 파스타가 호응이 좋았다. 갑자기 너무 공격적으로 가면 안 된다고 양 이사가 양 부장일 때 만류했지만 신인범은 확신에 빠졌다. 양 이사가 보다 면밀히 검토하고 시장을 조사해야 한다고 주장했지만 신인범은 자신의 감을 믿으라면서 여기저기서 돈을 끌어모았다. 두 사람이 갈라선 결정적인 이유는 신인범이 양 이사를 파트너로 존중하지 않았기 때문이다. 두 사람은 동업으로 시작했다. 신인범의 추진력을 인정해서 양 이사는 한발 뒤로 물러났고 회사를 위해 권력투쟁을 하지 않았다. 시간이 갈수록 신인범이 양 이사를 무시했고 더 이상 참지 못한 양 이사가 회사를 떠난 게 하필 오해를 살 만한 시기였다는 것이다.

"개국공신인데도 과거 시험으로 뽑은 신하와 똑같이 취급당하면 떠날 수밖에 없지 않겠어요?"

"하필 초농의 자회사로 가셨네요?"

"그린베이커리 대표가 대학교 동아리 후배입니다."

"신인범 씨하고는 고등학교 동창이시고요."

양 이사가 머뭇대더니 지그시 눈을 감았다가 떴다.

"아이들은 쑥쑥 자라는데 좋은 조건으로 오라는 데가 있으면 어디든 못 가겠습니까? 어른들이 그런 말을 하지 않습니까? 월급 따박따박 타 먹고 사는 게 가장 속 편한 거라고. 자기가 어떤 그릇인지 알지 못하는 사람은 결국 민폐를 끼치지 않겠습니까?"

"법원에서 신인범 씨 접근금지명령을 받아내셨던데?"

신인범이 술에 취해 양 이사의 집에 찾아간 게 한두 번이 아니었다. 신인범이 소란을 피울 때면 이웃에 폐를 끼치지 않기 위해 집 안으로 들였다. 한번은 집에 들어온 신인범이 가방에서 식칼을 꺼내 양 이사를 위협했다. 양 이사의 와이프가 휴대폰을 촬영 모드로 해서 텔레비전 옆에 두어 찍었고, 양 이사는 신인범을 잘 설득해서 돌려보냈다. 법원에 그 동영상을 제출해서 접근금지명령을 받아냈다.

"그 후에는 찾아오지 않았습니까?"

"집요한 사람이죠."

집에는 오지 않았다. 우연을 가장해서 신인범이 양 이사와 몇 번 마주쳤다. 그때마다 신인범은 양 이사의 멱살을 잡고 협박했다. 경제적인 '배상'이라도 하라고 요구했다. 옛정도 있고 하니 도와주는 건 어려운 일이 아니었다. 잘못한 게 없는데 배상이라고 말했기 때문에 양 이사는 돈을 줄 수 없었다. 그냥 도와달라고 했다면 모를까.

"신 사장 때문에 살도 좀 빠졌어요. 뒤에서 구두 소리가 나면 식은땀도 나고, 자다가 놀라서 깨기도 하고. 아내는 정신과 치료를 받으라고 했는데 일에 치여서 그럴 시간이 없었죠."

"신인범을 죽일 이유가 충분하네요."

양 이사가 한숨을 깊게 들이마셨다가 내 눈을 보며 내쉬었다.

"사람이 어떻게 사람을 죽입니까? 그것도 한때 같은 목적을 위해 함께 청춘을 바쳤던 사람입니다. 저는 최소한 그런 인간은 아닙니다."

〈대부〉에서 매부를 죽인 알 파치노에게 여동생이 자기 남편을 죽였다면서 화를 내고 간 후 알 파치노의 부인이 묻는다. 당신이 죽인 게 맞느냐고. 알 파치노는 커다란 눈을 진실하게 뜨며 부인을 바라본다. 아니라고 말하며 부인을 안심시킨다. 양 이사는 자신의 표정, 말투, 손짓, 옷차림으로 진실과 거짓을 구분해보라고 수수께끼를 내고 있는 것 같았다. 알 파치노는 매부를 죽였다.

"신인범 씨가 소송도 걸고 골치가 많이 아팠던 건 사실이잖습니까?"

"법원에서도 제가 고구마면의 기밀을 빼돌린 게 아니라는 판결이 났습니다."

"최종심이 남아 있잖아요."

"그러니 더더욱 신 사장을 죽일 이유가 없는 거 아니겠습니까? 초농이 얼마나 비싼 법무법인에다 돈을 주고 재판하는 줄 아십니까? 1심과 2심 모두 무관하다는 판결이 나왔어요. 최종심도 보나 마나 그럴 거고요. 신 사장이 살아 있어야 초농에 대한 오해를 완전히 풀 수가 있잖아요. 누가 그렇게 어리석게 일 처리를 하겠습니까."

양 이사는 무심코 '일 처리'라는 말을 사용했겠지만 사람 죽이는 일을 일 처리 정도로 취급하는 사람이라는 걸 고백한 걸지도 모른다. 양 이사가 신인범을 죽였다면 별 죄책감 없이 골치가 아픈 일 처리를 해결한 것이 된다.

"신 사장이 최종심까지 법무법인에 대항할 변호사를 쓸 돈이 있었을까요? 이미 포기한 상태였어요. 특허권 문제로 재판할 때 대부분은 대기업이 이깁니다. 대기업이 생각만큼 그렇게 사기 치는 집단이 아니라는 말이죠."

"전관예우 아닌가요?"

양 이사가 눈을 깊이 감았다가 떴다.

"법은 결국 논리와 증거가 있어야 이기는 거 아니겠습니까?"

"전관예우가 논리나 증거보다 위에 있다는 건 대한민국 사람이면 누구나 다 아는 사실 아닌가요?"

"반사회적인 성향이 있네요."

"저는 사건을 파헤치는 일을 하기 때문에 늘 속살을 보려고 노력합니다. 속살을 감추려는 사람들이 저한테 반사회적이라고 하고요. 신인범을 마지막으로 보신 게 언젭니까?"

넉 달 전에 양 이사가 신인범을 만나 저녁을 사주었다. 돈도 없을 텐데 더 이상 시간과 돈을 낭비하지 말고 포기하라고 종용했다. 신인범은 고려해보겠다는 말을 했다. 도와달라는 말도 덧붙였다.

"도와달라고 그랬다고요?"

"녹음한 건 아니니까, 안 믿으신다면 증명할 순 없겠죠."

"제가 조사한 신인범의 캐릭터가 바뀌었네요."

"사람이 한 가지 면만 있는 건 아니니까요."

"그렇다고 180도 다른 것도 좀 이상하죠."

"사업을 새로 시작하고 싶다고 그러더라고요. 그러니 자기한테 투자를 해달라고. 변호사 비용도 물지 않게 해 주고."

"그래서 뭐라 그랬습니까?"

"소송비용은 회사가 알아서 할 일이니 나는 잘 모르겠다고 했습니다. 사실이 그렇고요. 하지만 말은 잘해보겠다고 했습니다. 투자는 사업성을 검토해보겠다고 했고."

"무슨 사업을 하겠다고 했습니까?"

"제주도에 있는 바오젠 거리는 중국인들이 필수 코스로 오니까 그들을 상대로 중국 음식을 판매하는 식당을 하겠다고요. 상해에 있는 호텔에서 요리하던 사람도 구했다고."

"회사에다가는 잘 말씀해보셨습니까?"

"그럴 계제가 없었어요."

양 이사한테 또 미친 듯 전화가 오기 시작했다.

"제가 꽤 바쁜 건 아시겠죠?"

"신인범 씨는 어떤 사람이었을까요?"

양 이사가 두 손을 깍지 낀 채 턱을 받쳤다. 발광하는 휴대폰은 받지 않았다.

"흥미로운 친구였죠."

신인범과 양 이사는 고등학교 1학년 때에 이어 3학년 때도 같은 반이었다. 사립 고등학교였는데 대입 원서를 쓰면 담임의 자동차가 바뀐다는 풍문이 돌았다. 원서를 쓰기 위해서 학부모들이 학교에 찾아왔다. 어떤 담임은 종례 시간에 대놓고 '원서비'를 20만 원 이하로는 받지 않겠다고 말했다. 신인범의 담임은 학생들한테 자신은 촌지를 받지 않을 거니까 대학을 가든 안 가든 인생 상담을 하기 위해서라도 부모님을 모시고 오라고 했다. 신인범은 어머니께 담임의 말을 그대로 옮겼다. 다른 어머니들은 담임한테 다들 봉투를 건넸는데 당신만 박카스 한 박스를 건네고 왔다며 민망했다고 하셨다. 원서 쓰는 기간이 끝나자 곧바로 담임은 차를 세피아로 바꿨다.

"인범이가 담임 차를 긁어버리겠다고 했어요."

나는 그때 왜 담임 차를 긁는 창의적인 발상을 떠올리지 못했을까.

학력고사를 얼마 남기지 않았던 어느 날이었다. 3학년 중 수도권에 원서 쓸 만한 학생들만 모아서 도서관에서 따로 자습을 시켰다. 신인범과 양 이사도 그 안에 있었다. 자율학습이 끝나기 반시간쯤 전에 학교에 작은 소동이 일었다. 담임의 차 보닛을 누군가 일부러 긁은 것이다. 'Goddamn'이라는 글자가 선명했다. 담임은 영어 선생이면서 교회 장로였다. 도서관에 모여서 자율학습을 하던 3학년들은 용의선상에서 벗어났다. 그날 1, 2학

년들은 모의고사를 보고 일찍 하교했다. 수도권 밖으로
원서 쓸 3학년들은 9시에 집으로 돌아갔다. 담임의 차는
교문 가는 길에 지나는 주차장에 있었기 때문에 누군가
하굣길에 긁었다면 목격자가 있을 수밖에 없었다. 며칠
동안 담임은 범인을 반드시 잡겠다며 치를 떨었다. 학생
들의 영어 노트를 걷어서 필적 대조까지 했지만 어리석
은 시도였다. 결국 범인은 잡히지 않았다.

"신인범 씨가 긁은 겁니까?"

"그랬대요."

"자습하고 있었다면서요?"

"자기가 했다고만 했지 어떻게 했다고는 말해주지 않았
던 거 같아요. 말했는데 기억이 안 나는 걸 수도 있고요."

양 이사는 마지막까지 정중함을 흐트러뜨리지 않고
일어섰다. 난 커피숍에 남았다. 커피숍에 들어오는 여자
와 어린아이를 위해 양 이사가 출입문을 잡고 기다려주
었다. 아이가 양 이사에게 배꼽 인사를 했다. 양 이사가
아이에게 손을 흔들어준 후 나갔다. 나는 커피에다 플라
스크에 있던 술을 따랐다.

양 이사가 고구면의 기밀을 빼돌렸을 것이다. 이제는 진
짜로 빼돌렸는지 아닌지, 스스로도 알지 못할 것이다. 조
그만 틈이라도 생겨서 진실을 발설하게 되면 그의 모든

것이 무너질 수도 있다. 양 이사는 쌓는 것보다 지키는 것
이 더 어렵다는 걸 잘 알고 있을 것이다. 과연 베이커리
업계 3위인 회사에서 이사 자리에 있을 만한 사람이었다.

양 이사가 천동석한테 사건을 맡긴 의뢰인이지 않을
까. 신인범의 죽음은 느닷없었다. 양 이사의 입장에서 잘
된 일인지도 모른다. 신인범은 양 이사한테 부담스러운
존재였을 테니까. 신인범의 죽음이 수상하다는 소문이
업계에 돌고 양 이사와 초농이 의심받았을 것이다. 그런
죽음들을 자양분으로 오늘날까지 왔을 초농에게는 소문
을 처리하는 노하우가 있을 것이다. 양 이사가 부담스러
운 존재가 되면 초농은 언제고 그를 버리면 된다. 이면 계
약서에 이사급으로 정년을 보장한다는 약속이 따로 있다
하더라도 초농이 양 이사 하나쯤 제거하는 것은 어렵지
않을 것이다. 쓰면 뱉어낼 거라는 원리를 양 이사는 누구
보다 잘 알고 있을 것이다. 초농이 양 이사를 버린다고
해서 그가 초농과 맞서 싸운다 해도 이길 수 없다는 것도.
자신이 신인범의 죽음과 무관하다는 걸 밝히기 위해서
대리인을 내세워 천동석한테 의뢰한 걸까. 양 이사가 의
뢰인이라면 범인이 아니게 된다. 양 이사가 범인인데 신
인범의 가족을 범인으로 몰기 위해 의뢰하면서 속임수
를 쓴 건 아닐까.

망해라,

망해라,

망해라……

술 생각은 대마로, 도리도리로, 허무로 옮겨갔다. 택시를 타고 노래방으로 갔다. '황진이'로 가서 일하고 있는 숙희를 불러달라고 했다. 숙희가 날 보고 두 팔을 벌렸다. 양주 한 병을 마시며 한 시간 동안 회포를 풀었다.

"연장할까?"

숙희의 보조개가 깊게 파였다.

"약 구할 수 있지?"

"소화제?"

숙희가 웃었다. 이혼한 숙희는 어머니, 아이 둘과 사는데 어머니는 교통사고 후유증으로 몸이 아프다고 했다. 사고 당시 합의를 어리바리하게 해서 후유증에 대한 치료비를 고스란히 숙희가 낸다고 했다. 노래방에서 숙희를 처음 만났을 때는 그녀가 입만 열면 돈을 밝혀서 마음에 들지 않아 다시는 부르지 않기로 했었다. 그다음에 다른 노래방에 갔을 때 아무나 불러달라고 했더니 숙희가 또 들어와서 숙희와 나의 인연을 수용하기로 했다. 숙희와 이야기를 나누는 게 그녀와 몸을 맞대며 노래를 부르는 것만큼 흥미로웠다. 짐승의 영역을 충족하기 위해 숙희를 불렀지만 오히려 내 인간의 영역을 충족시켰다. 숙희가 자신의 이야기를 들려줬을 때는 놀라웠다. 마치 산업화의 역군 같았다. 거의 매일 밤을 새우며 술을 마시면서도 평균 한 달에 두 번 쉰다고 했다. 숙희는 공미영보다 조건이 더 나쁘다. 입주 조건이라는 게 행정 편의적이기 때문에 숙희는 임대아파트에 살지 못하고 매달 월세를 내야 한다. 숙희와 공미영은 자존감의 순서가 다를 수도 있지만 각각 살아온 환경과 주어진 여건 속에서 자신의 위치를 흔들리지 않게 하는 습관이 다른 것일 수도 있다.

"나 보러 온 거야? 도리도리 하러 온 거야?"

"겸사겸사."

"너무 초저녁이지 않아?"

"내 마음은 한밤중이야."

"맥주는 삿포로."

"없으면?"

"느끼한 오빠 말에는 꼭 삿포로여야 해."

나는 노래방을 나와 삿포로를 사가지고 모텔로 들어갔다. 숙희에게 방 번호를 문자로 보냈다. 침대에 누워 텔레비전을 보다가 깜빡 잠이 들었다. 문 두드리는 소리에 깼다. 맥주 두 병을 따고 숙희가 도리도리를 각각 넣었다. 숙희가 손을 벌렸다. 나는 도리도리값과 숙희의 시간을 사용하는 비용을 건넸다. 언젠가 숙희가 말했다. "오빠, 내가 몸 말고 팔고 싶은 게 뭔 줄 알아?" "뭔데?" "내 팔자." "누구 살 사람이 있나 알아볼게." "세상에서 가장 싸게 판다고 해. 오빠한테 30프로 떼줄게."

숙희가 몸을 흔들며 장난스럽게 옷을 벗었다.

"늙었나 봐. 떨리지가 않아. 걸리면 지옥 같은 징역인데."

"감옥 바깥은 천국인가?"

"도리도리도 할 수 있고 천국이지."

우리는 지옥의 대피소, 천국으로 들어갔다.

숙희가 샤워를 하러 들어갔다. 나는 맥주를 마셨다. 아버지는 종종 술에다 무언가를 타서 마셨다. 그게 뭐냐고 물으면 '우리 가족을 지켜줄 약'이라고 했다. 나중에 알고 보니 아버지가 탄 건 곰쓸개즙이었다. 맥주에 탄 '무아경'은 가족이라는, 사회보다 무서운 조직에서 탈락한 날 위로해줄 약이다.

숙희가 욕실에서 나와서 맥주를 마시고 나체로 내 옆에 누웠다. 나는 숙희의 몸을 더듬었다.

"도리도리가 암세포의 성장을 억제하는 효과가 있대."

"정말? 그럼, 암 걸리면 도리도리 하면 되는 거야?"

"효과를 보려면 도리도리를 무지막지 투여해야 되는데 그러면 환자가 죽을 수도 있거든. 내 안의 암을 죽일 것이냐, 내가 죽을 것이냐."

"오빠라면 뭘 죽일 거야?"

"누가 죽든 복용해야지."

"왜?"

"누가 죽어도 아쉬울 게 없잖아."

숙희 안으로 들어갔다. 신연아로부터 솟아올라 다연에게 덜어내지 못한 욕망을 숙희가 받았다. 꼭 X가 아니어도 된다는 사실을 영민이가 태어난 후에 알아버렸다. X는 내가 아니어야 했다는 것도 비슷한 시기에 알아버린 것 같았다. 이혼은 '그 사람'도 '그 시기'도 아니었어야 했다는, 너무 늦어버린 교정이다.

"오빠는 왜 이혼했어?"

"안 했으면 자살했을걸."

숙희의 두 다리가 내 허벅지를 감쌌다.

"밖에서 열나게 일하고 있는데 와이프한테 전화가 온 거야."

"열나게, 무슨 일? 지금 우리가 하는 일?"

"그럴지도 모르지."

"나쁜 놈. 그런데?"

"집에 들어올 때 유한락스를 사 오라고. 지금 바쁘다고 그랬더니 짜증을 내면서 꼭 사 오라는 거야. 너가 나가서 사라고 하니까 유한락스가 없으면 집에 들어오지도 말래."

"와이프가 성깔 좀 있네. 그렇다고 이혼까지 했어?"

"애를 낳더니 종교가 생겼더라고."

"교회?"

"아니, 아들."

"아들이 종교라고?"

"너도 그렇지 않아?"

"아니. 내가 돈을 버는데 내가 왜 아들을 믿어, 아들이 날 믿지."

"건전한 엄마네."

"아들만 믿어서 삐쳤구나?"

"빠쳤지. 여차하면 남편 바꾸는 것쯤은 아무것도 아니겠더라고. 실제로 아무것도 아니었고."

"아들이 오빠 친자식이 아니야?"

"유전자 검사를 하지 않았으니 알 도리는 없어."

"오빠는 아빠만 됐지, 어른이 안 됐네."

"맞아. 어른이 됐다고 생각하는 사람들이 말하는 어른 같은 건 되고 싶지 않아."

"내가 교회 좀 다녀봤거든. 물론 연애하러 간 거지만. 예배당이 아니라 연애당이었잖아. 오빠, 성경에 빠진 말이 뭔 줄 알아?"

"날 믿지 마라?"

"아니. 먹고살기 빡셀 땐 몸을 팔아라."

"일하지 않은 자 먹지도 말라, 그리고 누가 이 여인에게 돌을 던지랴, 로 봤을 때 그런 말을 한 게 분명하네. 왜 중요한 말을 받아쓰지 못했을까. 멍청한 제자들."

목이 심하게 말랐다. 침대 옆에 꺼내놓았던 생수를 단번에 다 마셨다.

"오늘 나 못 보면 어쩌려고?"

"볼 줄 알았어."

"딴 방에 들어갔는데 거기서 연장할 수 있잖아. 내가 한번 들어가면 남자들이 날 안 놔주거든. 미리 전화하고 와야 시간을 맞추지."

"볼 줄 알았다니까."

"그걸 어떻게 알아요, 물 먹는 하마 씨."

무아경이 점점 내 몸을 정복해갔다. 태블릿에서 소리가 났다. 레드독이 누군가 컴퓨터에 접속했다고 알리는 것이리라. 귀찮았다. 신연아가 또 핸드백이나 사고 있겠지.

"무슨 소리야?"

"아무것도 아니야."

"비디오 찍는 거 아니야?"

나는 웃어버렸다.

"수상한데? 내 앞에서 확인해봐."

"수상한 건 아름다운 거야."

"언능."

숙희는 진지했다.

"내 가방 가져와."

숙희가 내 가방에서 태블릿을 꺼냈다. 레드독 1이었다.

"요즘엔 이메일이 아무 데서나 오더라고. 휴대폰으로도 오더니만 아이패드로도 오네. 이렇게 오다가는 나중엔 내 빤쓰 안으로도 오는 거 아니야?"

신인학이 페이스북 메신저를 확인하고 있었다.

"빤쓰 안으로 오면 어떻게 확인해? 어? 어떻게?"

"나한테 꺼내달라고 해."

숙희가 뒤로 넘어지며 웃었다. 빼앗기만 하는 사회가

무료로 제공해주지는 못할망정 향정신성 약물이 불법이
라니. 위로가 필요한 사람들한테는 '그것만이 내 세상'인
데.

"드디어 오고 있어. 오빠, 거기서 만나. 그리고 잊지 마.
절대로 바로 누우면 안 돼. 토하면 기도가 막힐지도 모르
니까 옆으로 누워. 알지? 옆으로, 옆으로, 옆으로…… 나
란히, 나란히, 나란히……."

나도 몸이 뜨거워지고 가슴이 뛰었다. 나는 소파로 와
서 앉았다. '안양천 섀도우'가 신인학에게 보낸 메시지였
다. 입금을 약속한 기한이 지났다면서 내일까지 입금하지
않으면 경찰에 제보하겠다고 했다. 나는 '안양천'의 페이
스북 메신저 주소를 저장했다.

"오빠, 뭐 해? 이상한 거 봐? 날 봐, 날. 어지러워, 어지
러워, 어지러워……."

숙희가 대자로 뻗어서 몸을 흔들며 말했다.

"망해라, 망해라, 망해라……."

나는 화장실로 들어갔다. 차가운 물로 몸을 씻었다. 오
한이 들 것 같았다. 밖으로 나왔다.

"노래방도 망하고, 엄마도 망하고, 나라도 망하고……
망해라, 망해라, 망해라."

숙희가 침대에 붕 떠 있는 동안 난 뉴런의 정상적인

활동을 되찾으려 애쓰며 태블릿 화면을 주시했다.

"뜨거워, 뜨거워, 뜨거워……."

천국과 지옥이 하나가 되었다. 마루치 아라치가 곧 구해줄 것처럼 머리 위에서 빙빙 돌았다. 마루치는 온데간데없었다. 아라치의 불륜이 캐시미어 밖으로 터졌다. 한 바퀴 돌 때마다 아라치가 내게 키스했다. 아라치의 혀가 후회처럼 촉촉했다.

태블릿에 배터리 경고가 떴다. 충전기를 가져오지 않았다. 화면에서 아버지가 노려보았다. 주먹으로 내 머리를 쳤다. 아버지의 주먹은 한강의 기적을 만든 망치다. 내가 때렸는지 아버지가 때렸는지, 세상이 때렸는지 모르겠다. 어머니가 웃었다. 형은 우주에서 하나뿐인 썩소를 지었다. 소리를 쫓아 천장을 보자 형광등이 내 눈에 빛을 심으려는 듯 파고들었다. 벽지에 붙어 있던 꽃잎 무늬가 분화하더니 흩날렸다. 형광등 빛이 꽃이 되어 바람을 타고 내 귀로 들어왔다.

망해라, 망해라, 망해라…….

뚝배기가 끓었다. 냄새는 나지 않았다. 수십 개로 잘게 쪼개진 시각과 청각이 날 공격했다. 나인지 누구인지 알 수 없는 존재가 나인지 누구인지 알 수 없는 존재의 무릎을 칼로 도려냈다. 칼은 손잡이도 방향도 없었다. 피가 흩날렸다. 도려내는 호기심과 베이는 두려움이 뒤섞였다. 붉게 달궈진 돌판 위에 고깃점들이 타고 있었다. 얼굴이 보이지 않고 성별도 알 수 없는 존재들이 익지도 않은 고기를 집어 먹었다. 존재들이 흘렀다. 존재들의 젓가락질이 빨라지면서 나인지 누구인지 알 수 없는 존재의 무릎도 점점 빠르게 베였다. 무릎의 뼈가 드러났다. 고통은 모두의 것인데도 공유되지 않았다. 기름이 튀고 어디서 오는지 알 수 없는 뜨거운 빛이 기름을 통과하면서 고통이 형형색색으로 분산되었다. 분산이 뒤돌아 고통과 쾌락을 묶었다. 나인지 누구인지 알 수 없는 존재들이 냉소를 지었다. 빛의 파편들이 냉소의 기름기를 뺐다. 누구의 눈물인지 알 수 없는 뜨거움이 촉각을 덮었다. 나인지 누구인지 알 수 없는 존재가 나무에서 시작된 줄에 매달려 버둥거렸다. 멀리서 개 짖는 소리가 들렸다. 소리 곳곳에 증오가 흩날렸다.

당신의 피조물들을 통해 알게 된 당신의 보이지 않는 본성을 나는 보았나이다.

전화벨 소리에 눈을 떴다. 시간이 됐다며 나가달라는 카운터의 전화였다.

햇살이 방 안에 자리잡은 지 오래된 것 같았다. 베개는

땀에 젖었고 숙희는 없었다. 화장대 거울에 립스틱으로 하트 모양이 그려져 있었다. 속이 메스꺼웠다. 균형감이 몸속에서 빠져나가버렸다. 화장실로 달려가 변기에 토했다. 간밤의 찌꺼기를 쏟아내자 균형감이 차츰 돌아와 똑바로 걸을 수 있었다. 냉장고 안에 옥수수염차와 식혜를 꺼내 둘 다 마셔버렸다.

모텔을 나와 짬뽕 국물만 먹고 집으로 오는 동안 귓가에 '망해라, 망해라, 망해라'가 자꾸 맴돌았다. 집에 돌아와 태블릿을 충전하면서 화면에서 신인학의 반응을 기다렸다. 모텔에서 잠이 든 동안 신인학이 어떤 조치를 취했을까. 은행으로 가서 계좌로 송금을 했다면 아무리 기다려도 헛수고일 것이다. 메시지가 온 시간을 보니 9시 50분이었다. 신인학은 10시에 잔다고 했다.

X한테 전화가 왔다.

"통화 가능해?"

"어, 얘기해."

"3백만 원만 보내."

밥은 먹었느냐고, 한마디 물어볼 수도 있을 텐데.

"학교 들어가기 전에 미국에 어학연수 좀 보내게. 미리 예약해야 된대서. 반반 부담."

꼬박꼬박 양육비를 보내주지 않는 것만 해도 다행이다.

"왜 대답이 없어?"

레드독 2가 신호를 보냈다. 신연아의 노트북에서 인터넷뱅킹이 열렸다. 신연아가 사은익이란 사람의 계좌로 2천만 원을 송금했다. 나는 화면을 복사했다. 사은익이 안양천일 것이다.

"브라보!"

"뭐라고?"

"알았어. 보낸다고. 나중에 통화해."

안양천과 접촉해야겠다.

99.999%

—물건이 필요합니다. 빠른 답변 부탁드립니다.

　안양천한테 메시지를 보냈다. '물건'이란 말이 적당했을까. 전라도 사투리 '거시기'와 같은 용도로 던졌다.

　—누구십니까?

　답장이 왔다.

　—최근에 물건을 구입한 사람한테서 소개받은 사람입니다.

　—무슨 물건이요?

　—장사 안 합니까?

　—소개해준 사람 누구?

　—만나서 이야기합시다.

　라면 하나를 다 먹도록 대답이 없었다.

─직업이 뭡니까?

경찰이냐고 묻고 싶겠지.

─공무원은 아닙니다.

─어떻게 증명할 수 있죠?

─증명할 수 없습니다.

커피를 내리고 한 잔을 다 마시도록 말이 없었다.

─물건은 왜 필요합니까?

─정리 좀 하려고요.

설거지가 끝나도록 말이 없었다.

─당신의 전화번호, 원하는 물건의 성별, 나이, 키, 타고 올 자동차 색깔과 번호 네 자리를 보내세요.

나는 X를 모델로 성별, 나이, 키를 보냈다. X를 청부살인 하고 싶은 건 결코 아니다.

답장이 도착했다. 시간과 장소, 내가 기다리고 있어야 할 곳의 정확한 위치가 왔다. 흰색 목도리를 감고 밤 11시에 다리 아래 서 있으라고 했다. 내겐 흰색 목도리가 없었다.

양평은 어두웠다. 목도리로 목을 감을 수밖에 없는 온도였다. 개통 같던 흰색 목도리를 구하려 꽤나 돌아다녔다. 안양천이 일러준 곳엔 인적이 없었다. 나는 차 안에

서 주변을 둘러봤다. 울퉁불퉁한 땅들이 구겨진 듯 펼쳐
졌다. 고가 위에는 서울로 가는 자동차들이 쫓기듯 지나
갔다. 차가운 공기에 두근거림을 토해내자 좀 진정이 됐
다. 어디선가 소리가 들렸다. 닭 울음소리 같기도 하고
도사견의 위엄을 잃은 짖음 같기도 했다. 소리가 나는 쪽
을 보았다. 둔덕 위에 검은색 뉴코란도가 스토커처럼 정
차해 있었다. 안에서는 움직임이 없었다.

　휴대폰이 진동했고 나는 놀랐다.

　"엘리자베스?"

　"안양천 섀도우?"

　"비상깜빡이 켜 있는 차로 오쇼."

　뉴코란도가 비상깜빡이를 켰다.

　차 밖으로 나와 걸었다. 놈은 제법 치밀했다. 차창을 두
드리려 손을 뻗는데 차문이 열렸다. 심장이 자꾸 놀랐다.

　"타쇼."

　차창을 내리고 놈이 말했다. 내가 뒤에 타려는데 도어
가 잠겼다.

　"앞으로."

　나는 조수석에 탔다. 안양천은 모자와 진하지 않은 선
글라스를 썼다.

　"엘리자베스라고 해서 여잔 줄 알았잖아. 혹시, 성도착

증? 뭐, 그런 건가?"

"그런 거 아니야."

"우린 어떻게 알았어?"

누군가 또 있다는 걸 알리기 위해 '우리'라고 했지만 혼자일 수 있다.

"신인학."

"신인학이라……."

"엊그제 신연아가 입금했을 텐데?"

"그렇다 치고, 어떻게 아는 사이야?"

"지금 내 신상 정보가 중요한가?"

놈이 피식 웃었다. 두 번쯤 감옥에 갔다 왔을 것 같았다. 강한 수컷으로 보일 정도의 길이로 턱수염을 관리했다. 다부진 어깨가 힘깨나 쓸 체격이었다. 목소리가 가늘다는 게 치명적이었다. 〈록키〉에서 실베스터 스탤론이 늘 권투 자세를 유지하기 위해 어깨에 힘을 주듯 놈도 어깨에 힘이 들어간 게 목소리를 극복하기 위한 습관인 것 같았다.

"언제까지?"

언제까지 죽여주면 되겠냐는 말인가.

"언제까지 할 수 있는데?"

"구하는 데 좀 시간이 걸릴 수도 있어. 남자보다 여자가 더 힘들거든.”

남자가 더 힘든 거 아닌가. 여자의 저항이 아무래도 쉬울 텐데.

“기본이 천인 건 아시지?”

신연아는 2천만 원을 보냈다. 옵션이 있었던 건가. 청부 살인이라면 이렇게 쌀 리가 없다.

“젊은 여자는 구하기 쉽지 않아서 5백 더.”

여자를 구한다고? 내가 지정해주는 게 아니라?

“전화 한 통 때리고 올게.”

“누구한테?”

“클라이언트한테 가격을 다시 물어봐야지. 우리는 한 장인 줄 알았지.”

나는 차 밖으로 나왔다. 자동차에서 멀어지며 천동석한테 전화를 걸었다. 안양천이 신인학한테 전화를 걸어봤자 소용없을 것이다. 밤 10시가 넘으면 신인학은 무음으로 해놓고 받지 않는다고 했으니까. 신연아는 놈을 직접 접촉하지 않고 송금만 했을 것이다.

“뭐야, 이 새벽에?”

천동석의 목소리 너머로 텔레비전 소리가 들렸다.

“중요한 놈을 만났어.”

“이 시간엔 중요한 년을 만나야지. 누군데?”

나는 간략하게 상황을 설명했다. 지금 바로 담당 형사한
테 연락을 하고 가락경찰서로 가라고 했다. 지금 내 위치
도 알려주었다.

"미리 형사 좀 만나라고 할 때는 안 만나더니, 갑자기
퇴근 다 하고 집에서 쉴 시간에 나오라 그러면, 그게 정
의 사회가 구현될 일이겠냐고?"

"한 시간 안에 다시 연락하지 않으면 형사하고 이쪽으
로 와."

"죽지 말고 있어."

"빨리 움직이지 않으면 시체나 치우게 될 거야."

"전화로 유서 쓰는 거야?"

"엑스와이프한테는 장렬하게 전사했다고 전해주든가."

"오피스텔은 어쩔까?"

"이혼당하고 혼자 사는 불우한 남자들의 복지를 위해
서."

"이혼, 당한 거였어?"

나는 몸을 돌려 소변을 보았다. 놈이 날 보고 있을 것
이다. 성별, 나이, 키에 맞는 사람을 납치해주겠다는 말
인가. 신인범이 납치당해서 죽었을 리는 없는데. 신인학
과 신연아가 신임범과는 무관하게 다른 사건을 도모하
고 있는 걸까. 오줌이 나오지 않았다.

날 부르는 경적이 짧게 울렸다.

시체…….

안양천을 조져야겠다.

나는 차로 돌아와 조수석에 앉았다.

"뭐래?"

"천5백까지는 가능한데, 가능하면 천3백쯤에서 쇼부 치라는데."

"왜 나한테 패를 다 말하는데?"

"천3백에 쇼부 치고. 내가 중간에 2백을 먹는 거지. 그쪽도 가서 천이라고 하고 중간에 3백을 드시든가."

안양천이 목젖이 보이도록 고개를 뒤로 젖히며 껄껄껄 웃었다. 이때다 싶어 그의 목을 잡으려 손을 뻗었다. 젠장! 내 목에 먼저 칼이 들어왔다.

"내가 호구로 보이냐?"

내가 낄낄거렸다. 한마디만 나누고 바로 놈을 제압했어야 했다. 첫사랑도 타이밍 때문에 놓치더니만.

"너 뭐 하는 새끼야?"

칼이 목울대를 눌러 아팠다. 협박용일 뿐이면 힘의 세기를 좀 낮춰야 하지 않느냐고 말하고 싶었다.

"시체 사러 온 고객이잖아."

"지금부터 반말하면 바로 그어버릴 줄 알아. 우리는 시

211

체 판 적이 없는데?"

"신인학한테는 살아 있는 사람을 죽여서 판 거야?"

놈이 칼을 거두며 팔꿈치로 내 턱을 가격했다. 돌아갔던 목이 되돌아오기 전에 놈의 칼이 내 목을 다시 겨눴다. 덩치에 비해 제법 빠른 놈이라는 정보를 얻었지만 턱이 얼얼했다.

"신인학이 누구한테도 소개해준 적이 없다던데?"

"신인학은 자고 있을 텐데?"

"반말하지 말라는 말이 무슨 말인지 몰라?"

"바로 긋던가, 쫄보 새끼야."

놈이 코로 거칠게 숨을 내쉬었다.

"좋아. 나보다 늙어 보이니까 반말까지는…… 욕은 하지 마."

백미러에도 사이드미러에도 인기척은 보이지 않았다.

"냄새를 맡고 아까 신인학한테 미리 연락을 해뒀지. 우리가 그렇게 어설프지 않거든."

"까고 있네."

놈이 다시 칼을 치우며 팔꿈치를 날렸다. 내가 고개를 오른쪽으로 빼자 놈의 팔꿈치가 허공을 갈랐다. 놈이 미끼를 문 것이다. 나는 재빨리 왼손을 뻗어 칼을 들고 있는 놈의 오른손을 잡았다. 놈이 주춤했다. 놈이 움직이는

바람에 내 왼손이 칼에 베였다. 여기서 손을 빼면 안 된
다. 차라리 총이 낫지 칼은 내 취향이 아니다. 칼을 쥔 놈
의 손을 아래로 향하게 힘을 주었다. 목표는 놈의 허벅
지다. 내 힘의 방향을 꺾으려 놈의 힘이 위를 향했다. 중
력을 업은 내 힘이 유리했다. 놈이 허벅지 가까이 간 칼
을 위로 올리려 왼손을 더했다. 놈이 왼 주먹을 내게 뻗
었다. 고개를 숙여 놈의 주먹을 머리로 막았다. 머리가
얼얼한 게 제법 주먹이 셌다. 놈의 왼손이 다시 칼을 돕
기 전에 내가 더 힘을 가했다. 칼이 운전석 의자에 꽂혔
다. 놈이 허벅지를 옆으로 제쳤던 것이다. 놈은 요들송을
부르듯 놀랐다. 놈의 오른손이 칼을 놓고 날 공격하려 할
때 내가 다시 칼을 뽑아 놈의 허벅지에 꽂았다. 놈이 괴
성을 질렀다. 자신은 아직 인간이 되지 못한 짐승이라는
것을 소리로 표현한 것 같았다.

내가 칼을 뽑아 놈의 허벅지 위에 두었다. 허벅지 위에
서 칼날이 춤을 추었다.

"움직이면 꽂는다."

내가 머리로 놈의 얼굴을 들이받았다.

"코! 코……."

잘생긴 코가 놈한테는 어울리지 않았고 나는 처음부
터 그것이 마음에 들지 않았다. 놈이 움직이려 했다. 내

가 놈의 허벅지에 다시 칼을 넣었다. 놈이 정지했다. 내 왼손에서 난 피가 놈의 허벅지로 떨어졌다. 놈이 죽는다면 영락없이 내 DNA가 범인을 지목할 것이다. 난 칼을 오른손에 맡기고 왼손으로 놈의 목을 감았다. 놈의 오른손을 어깨로 눌러 고정했다. 둘 다 불편하기 짝이 없는 자세가 됐다. 로맨틱한 음악이 깔리면 광고에서 음흉한 장면으로 사용할 수도 있겠다. 어차피 편하자고 만난 놈이 아니다. 왼손으로 놈의 목을 잡은 채 칼을 허벅지에서 뽑아 놈의 목에 대고 자동차 뒷좌석으로 넘어갔다. 내가 두 번째로 허벅지를 찌르고 뺀 후 나를 이겨먹겠다는 놈의 의지가 꺾인 게 느껴졌다.

"지금부터 내가 하는 질문에 사실대로 대답하지 않으면 이 자동차랑 강물에 넣어줄게."

"난 수영해서 현해탄도 건널 수 있어."

놈이 이를 악물고 말했다. 여유가 아니라 객기였다. 대가가 주어져야 자신이 지금 어떤 상황인지 깨닫는 놈인 것이다. 나는 놈의 허벅지에 칼을 꽂았다. 놈이 비명을 질렀다. 칼을 뽑아 놈의 목에 대면서 난 다시 몸을 뒤로 뺐다.

"신인학한테 구해준 물건이 시체지?"

"당신 경찰이야?"

"경찰이 이런 델 혼자 오냐? 지금부턴 생각이란 걸 해보도록 해."

"그럼, 뭔데?"

"질문은 내가 하고 넌 대답을 하는 거야. 꼴통아, 이 순간만큼은 생애 처음으로 정직해야 한다. 골로 가기 싫으면."

내가 칼을 목에서 떼려 하자 놈이 몸을 부르르 떨었다.

"맞아, 시체."

"왜 2천이나 받았어?"

"구하기 어려우니까."

"그 시체는 어디다 쓴 거야?"

"난 팔기만 해."

내 휴대폰을 꺼낸 후 녹음 버튼을 눌렀다. 나는 같은 질문을 하고 놈은 같은 대답을 했다. 놈을 묶어 데려가기는 쉽지 않을 것이다. 놈이 저항할 것이고 위치가 역전될 수도 있다. 순식간에 벤츠와 내 위치가 뒤바뀌었던 것처럼. 놈의 오른팔을 뒤로 빼서 75도쯤 꺾어 올려 놈의 어깨를 탈골시켰다. 놈이 죽겠다고 소리 지르는 동안 놈을 뒤로 끌어 넘겼다. 차에 있던 청색테이프로 안양천의 두 팔과 두 발을 묶었다.

차를 몰며 천동석한테 전화를 걸었다. 가락경찰서까지 18킬로 남아 있었다.

"형사도 오는 거지?"

"차라리 '더티 해리'를 섭외하는 게 쉬울 뻔했어."

"안 와?"

"내가 누구야. 이 시간에 대통령도 데려올 수 있을지도 모르는 사람이야. 범인은 잡았어?"

"범인을 잡을 수 있는 놈을 잡았어."

"왜 일을 한 번에 안 하는 거지?"

가락경찰서 뒤편에 있는 읍사무소 주차장에 차를 댔다. 10분쯤 기다리자 차가 한 대 들어왔다. 우 형사로 보이는 사람이 차에서 내려 계단으로 올라왔다. 나는 차에서 내리지 않았다. 우 형사도 날 보고 있을 테고 내가 누군지 알고 있을 것이다. 5분쯤 지나자 천동석이 왔다. 피가 흐르는 왼손을 손수건으로 묶었는데 천동석이 그걸 보고 괜찮냐고 네게 묻더니 대답도 듣지 않고 우 형사한테 날 소개했다. 우 형사는 탐탁지 않은 표정이었다. 우리는 읍사무소 입구에 있는 화단 옆으로 갔다.

"어떻게 된 거야?"

천동석이 물었다.

"신인범이 제 발로 가서 보험에 가입했어."

"그건 알고 있어."

"왜 신인범은 무리하게 보험료를 냈을까?"

"질문하는 거야?"

"석 달만 내면 되거든."

"무슨 소리야?"

"석 달 후에 자기가 죽을 거니까."

"누가 신인범을 죽였단 말이야?"

"아니. 신인범은 죽지 않았어."

떨고 있던 우 형사의 다리가 멈췄다.

"안 죽었다고요?"

"신연아와 신인학이 시체를 샀어요."

"시체? 왜?"

"신인범인 척 시체를 대신 현장에 둔 거지. 예물 시계를
채워서 엑스와이프가 확인하고 직계가족이 신인범이 맞
다고 하면 누구나 믿을 테니까. 신인범이 여동생 차를 빌
려서 가락으로 오다가 마지막으로 편의점에 들르거든.
거기서 주차를 일부러 삐딱하게 하고 편의점 안에 있는
CCTV는 잘 작동되고 있는지 종업원한테 물어봤어. 왜
냐고? 블랙박스랑 편의점 카메라에 자신의 흔적을 남기
려고. 자기가 직접 아버지 집에 왔다는 걸 증명하기 위해
서. 누군가 그걸 의심할지도 모르니까 거기까지 준비한
거야. 신연아의 차 블랙박스 용량이 여섯 시간이야. 편의
점에서 찍힌 동영상은 사고 장면이 아니기 때문에 지워

졌어야 하지. 고속도로 휴게소에서 찍힌 건 말할 것도 없고. 그런데 어떻게 그 동영상이 남아 있었을까? 신인범이 미리 빼놓고 두 동생 중 누군가 블랙박스를 경찰에 제출한 거야."

천동석이 담배를 피웠다. 나도 한 대 얻어 피웠다. 우 형사는 저녁 식사 이후엔 피우지 않는다며 사양했다.

"버스 타고 와도 되는데 여동생의 차를 굳이 빌려서 온 건 트렁크에 시체를 싣기 위해서였어. 간이침대도 싣고. 왜 한겨울에 굳이 컨테이너하우스에 간이침대를 가져다 뒀을까? 그동안 없었는데 하필 그날. 집을 태울 순 없으니까 컨테이너를 태운 거야. 간이침대가 있어야 방이 세 개나 있는 집을 두고 아버지와 싸운 신인범이 컨테이너에서 잘 명분이 생기지. 아버지도 이 계획을 알았을 거고 애초에 아버지와 신인범은 싸우지 않았을 거야."

"전기장판에서 불이 났잖아?"

"그날 밤 온도가 0도였어. 컨테이너 안에는 온풍기도 있었고. 건강한 남자가 전기장판을 두 개나 겹치고 그 위에 담요도 덮었어. 온풍기랑 전기장판은 이빠이 틀어놓고. 불나기 아주 좋은 조건을 만들어버린 거지. 건조했을 텐데 가습기는 없더라도 젖은 수건이라도 널어야 하잖아. 그것도 없었고."

"그러다 불이 안 나면?"

"플랜 B가 있었겠지."

"신인범이랑 두 동생이 짜고 그랬다는 거야?"

"신인범이 계획의 중심이야. 고등학교 때부터 알리바이를 만들어놓고 담임의 차를 긁는 머리가 있었거든."

"시체를 샀다는 건 어떻게 알았어?"

"신인학이 입금하라고 협박을 받은 메시지가 있어. 신연아가 2천만 원을 인터넷뱅킹으로 입금했고."

"불법으로 도청을 했다고요?"

우 형사가 대화에 끼어들었지만 별 영향력은 없었다. 나는 휴대폰에 녹음한 파일을 재생했다. 17일에 양평에서 신인학이 몰고 온 쥐색 SM7 트렁크에다 안양천이 시체를 실어주었다고 말했다.

"안양천이란 놈은 어디 있는데?"

두 사람을 데리고 가서 내 차 트렁크를 열었다. 트렁크 안에서 안양천이 뚱뚱한 치와와처럼 낑낑거렸다.

"뭐 하는 짓이야! 이거 불법인 거 몰라요?"

"정당방위죠."

나는 우 형사한테 뉴코란도에 있던 블랙박스 SD카드를 주었다.

"동영상을 잘 보면 자동차 앞 유리에 반사돼서 놈이 먼저 공격한 걸 알 수 있을 거예요. 내 정당방위가 보일 거라고요."

"이러다 그쪽이 먼저 감옥에 갈지도 모릅니다."

"내 말이 전부 맞다면 경찰은 지금껏 뭘 하고 있었던 거죠?"

"뭐요?!"

천동석이 날 데리고 자리를 옮겨 담배를 건넸다. 우 형사는 두 팔을 허리에 얹은 채 안양천을 보며 씩씩거렸다. 담배를 피우고 함께 우 형사 곁으로 돌아갔다.

"방법이 이거밖에 없었대요."

천동석이 빨갛게 물든 내 손수건을 가리켰다.

"신인범이 죽지 않았다는 건 어떻게 증명할 건데요?"

우 형사가 물었다.

"무덤을 파서 유전자 검사를 하면 신인범이 아니란 걸 알 수 있죠."

"무덤을 파서 감식을 했는데 신인범 시체가 맞다면 그 비용을 전부 당신이 물어야 할 거요. 시신을 다시 묻는 비용까지 국가가 청구할 테니까."

나는 웃지 않을 수 없었다.

"왜 웃어요?"

"세금은 경찰들 회식비로만 쓰라는 게 아니거든요."

천동석이 날 끌고 자신의 차에 태웠다.

"당신 사춘기야?"

"까는 소리만 골라서 하잖아."

"까졌으니까 까는 소릴 하겠지. 내가 수습할 테니까 차에서 나오지 마."

천동석이 차 밖으로 나갔다. 우 형사와 웃으며 이야기를 했다. 나는 왼손에서 피가 계속 흘러 손을 심장보다 높이 들었다. 천동석이 돌아왔다.

"안 죽어."

손을 높이 든 내 꼴을 보며 천동석이 말했다.

"병원부터 가자."

"포돌이는 어쩐대?"

"조사한대. 녹음된 파일은 내일 이메일로 쏴주기로 했어. 쏴줘."

"고맙다는 말은 안 해?"

"응급실 여는 병원 위치는 알려줬어."

바로 병원으로 가서 치료를 받고 침대에 누웠다. 응급실은 별로 붐비지 않았다. 의사는 한 시간쯤 누웠다가 가라고 했다. 천동석은 얼큰한 해장국을 먹고 오겠다며 나갔다. 형광등과 형광등 사이의 간격이 좁아 눈이 부셨다. 병원 냄새는 언제 맡아도 멀미가 난다.

아버지가 돌아가시기 이태 전에 입원해 있던 병원으로 나를 불러 엉뚱한 말을 했다. 유전자 검사를 해 보자는 것이다. "네 엄마한테는 비밀로 하고서." 아버지는 때때로 농담을 시도했지만 그 말을 듣는 사람은 농담인지 아닌지 분간하기 어려웠다. 며칠 뒤에 아버지가 회사 근처로 왔다. 일방적으로 기다리겠다면서 전화했다. 다방에서 기다리고 있는 아버지를 만났다. "너한테 하는 처음이자 마지막 부탁이다." 고등학생 때 아버지가 내 방에 들어와서 처음이자 마지막 부탁이라면서 제발 형처럼 열심히 좀 살라고 말했던 적이 있었다. 나는 아버지의 두 번에 걸친 '처음이자 마지막 부탁'을 절대 들어주지 않았다. 유전자 검사의 결과가 두려웠기 때문이다. 아버지와 내 유전자가 99.999……% 일치할 것 같았다.

나의 가족

경찰이 사건을 재수사하기로 결정했다. 신인범의 무덤에서 그의 유전자를 채취해 국과수에 감식을 의뢰했다. 사회적 이슈가 된 사건도 아닌 데다 공무원의 호흡이라 결과는 빨리 나오지 않을 것이다.

붕대에 감긴 왼손을 사용할 수 없어서 불편했다. 그보다 불편한 건 경찰의 수사를 지켜봐야 하는 것이었다. 안양천은 허벅지와 어깨를 치료받느라 경찰서가 아니라 병원에서 조사를 받았다. 천동석의 말에 따르면 안양천이 날 고소하려고 했는데 우 형사가 사건을 키워봤자 손해일 거라며 그를 회유했다고 한다. 간이 작은 안양천은 날 고소하지 않았다. 경찰은 안양천이 시체를 어디서 구했는지 추궁했지만 그는 시체를 구하지도 팔지도 않았다고 말했다. 신연아가 보낸 2천만 원은 신인학이 안양천한테 진 빚을 대신 갚은 거라고 했다. 송금하지 않으면 폭로하겠다고 했던 건?

48시간이 지나 안양천은 풀려났고 나는 안양천의 주소지를 알아냈다. 그는 안양천이 흐르는 광명에 살았다. 안양천이 출근하는 곳은 허름한 5층 건물 5층에 있는 'CIA기획'이라는 곳이었다. 시체를 공급하는 일을 주로 하는 것 같지는 않았다. 경찰이 해야 할 일을 대신해서 안양천을 감시하다가 문득 도대체 내가 왜 세금 받고 일하는 사람들도 하지 않는 일을 세금 내면서 하고 있는지 회의가 들어 그만두었다. 계속 따라다니면 안양천이 어디서 시체를 공급받아 파는지 알 수 있겠지만 신인범이 죽지 않았다는 것만 증명되면 되었다.

전철역 화장실에서 소변을 보고 나오다 거울을 보았다. 흰자위에 빨간 자국이 생겼다. 약국에 들어갔다. 사건을 맡고 어느 시점이 되면 간혹 발생하는 증상인데 한결같이 초승달 문양이다. 약사가 안약을 주면서 말했다.

"피곤해서 열이 위로 올라와서 눈에 실핏줄이 터진 거니까 가능하면 좀 쉬세요."

난 전문직의 말을 잘 듣는 편이라 집에 와서 쉬었다. 전화가 왔다.

"웬일이야?"

"너무 늦었어?"

"10신데, 뭐."

"나랑 술 한잔할래요?"

"지금?"

"지금."

"노래방에 오라는 거야?"

"그러면 안 올 거잖아. 밖에서 보자고."

숙희의 목소리가 어두웠다.

곱창집에서 1차를 마셨다.

"한 병만 더 마시고 2차 가자."

"어떤 2차?"

"순수한 2차."

숙희가 심각한 얼굴로 술을 따라주었다.

"아까, 따귀 맞았어. 개새끼……."

숙희가 표정을 명랑하게 바꿨다.

"오늘은 오빠랑 2차, 3차, 4차 끝까지 마셔보고 싶어."

말투도 명랑하게 바꿨다.

"일 안 하고?"

"내가 어릴 때 우리 집이 목욕탕을 했거든. 영업이 끝나면 식구 모두가 달라붙어서 목욕탕을 청소했어. 그때 내가 제일 좋아했던 말이 뭔 줄 알아?"

"소변 금지?"

"아니, 금일 휴업."

"5차까지 가지, 뭐."

서로 따귀는 왜 맞았는지 묻지 않았고 따귀를 왜 맞았
는지 말하지 않았다.

"그렇지 않아도 오늘은 마법에 걸려서 기분도 영 찜찜
했는데, 거지같은 새끼."

휴대폰이 진동했다. X였다. 나는 밖으로 나왔다.

"웬일이야?"

"뭐 해?"

"술 마셔."

"누구랑?"

"웬일이냐고?"

"영민이가 다쳤어."

"뭐?!"

"심각한 건 아니야. 알고는 있으라고. 친아빠니까."

"어딜? 어떻게 다쳤는데?"

"유치원 봉고차가 사고가 났어. 많이 다친 건 아닌데 애
가 놀랐어."

"수술해야 돼?"

도대체 애를 어떻게 보는 거냐는, 멍청한 말이 나오려다 다행히 멈췄다.

"어깨가 의자에 부딪혀서 좀 부었어. 엑스레이 찍었는데 별문제는 없대."

X가 병원 위치와 이름을 알려주었다. 올 수 있으면 오라고 했다. 영민이 옆에는 X가 있고 X 옆에는 소령이 있을 뿐 내 자리는 없을 것이다. 큰 사고도 아니라니까.

전화를 끊고 숙희 옆으로 왔다.

"무슨 전화야?"

"내가 별로 필요 없는 사람이 필요하지는 않지만 올 수 있으면 오래."

"가야 되면 가도 돼."

"너, 나 필요한 거 아니야?"

우리는 3차까지 마셨다. 가쓰오 우동으로 해장을 한 후 잠들었는데 깨어보니 저녁이었다. 오피스텔을 나와 병원으로 갔다.

"오랜만이네."

병원 복도에서 통화를 하던 X와 마주쳤다. 소령은 없었다. 얼마 만인지 모르겠지만 X의 얼굴에만 200그램쯤 살이 붙은 것 같았다. 몸은 5킬로쯤. 나는 영민이의 상태를 확인했다. 침대에 누워서 게임을 하고 있었다. 게임이 없었다면 영민이는 엄마로부터 도망쳐 어디로 갔을까. 나는 아버지의 가족으로부터 도망쳐서 내 가족으로 왔다. 지금은 내 가족으로부터 도망쳐서 어디로 가고 있는 걸까. 나는 왜 머무르지 못할까. 가족은 왜 날 품지 못할까.

내가 그만 가겠다고 했다.

"오랜만에 맥주나 한잔해."

"영민이는?"

"좀 이따 그 사람 올 거야."

별로 내키지 않았지만 거절할 수 없었다. 출산 이후 X는 상대를 제압하는 기운이 충만해졌다.

"간단하게 하지, 뭐."

"단서 붙이기는."

우리는 병원 앞에 있는 상가건물 맞은편으로 갔다. X는 지하에 있는 민속 주점에 가자고 했고 나는 3층에 있는 호프집을 주장했다.

"지하는 너무 답답해."

"나, 민속 주점 좋아하는 거 알잖아."

"지상에 있는 민속 주점을 찾아보든가."

X가 스마트폰으로 주변을 검색했다. 지하에서 커플이 다정하게 올라왔다.

"없는데?"

"지하는 정말, 아니다."

X와 내가 동시에 한숨을 쉬었다. 우리는 상대를 겪는 서로의 모습에 대한 거부감과 그 거부감을 감추려는 모습까지 상대가 알 거라는 걸 안다는 형식적인 미소를 서로에게 보내지 않았다.

"2킬로, 하나 있네. 택시 타자."

택시에서 내려 2층에 있는 민속 주점으로 들어갔다. 메뉴판을 본 X가 찜닭을 먹자고 했다. 창밖으로 건너편 건물 1층에 찜닭집이 보였다.

"찜닭을 먹을 거면 찜닭 집에 갔어야지."

X는 물러서지 않을 것이다.

"뼈 없는 걸로 먹자."

내가 말했다.

"닭은 뼈가 있어야 해."

"그냥 뼈 없는 걸로 먹자, 편하게."

"반반으로 시키지, 뭐."

메뉴판에 반반은 없었다. X가 종업원을 불러서 반반으로 해달라고 주문했다. 뼈 없는 찜닭 반과 뼈 있는 찜닭 반이 나왔다. 금방 취기가 돌았다.

"너는 왜 나랑 이혼하자고 했냐?"

"이혼을 꺼낸 건 본인이 먼저야."

"소령 때문이잖아."

"나, 본인 형님 만났어."

나는 남은 맥주를 비우고 소주를 달라고 했다.

"무슨 말 했는지 궁금하지 않아?"

"별로."

"센 척은…… 형님이 본인보다 잘생겼더라. 키는 비슷한 거 같은데 눈매가 매력이 있어. 본인보다 냉철하면서 따뜻해 보이던데. 그런 형님을 왜 그렇게 싫어하는 거야?"

"너도 너네 형이었으면 싫어했을 거야."

"그러니까 그 이유가 뭐냐고?"

"이유를 말해봐야 이유가 되겠냐고. 그 사람이 어떤 사람인지 모르는 사람한테."

"그래도 가족이잖아."

"가족은 개뿔……."

"본인은 참 차가운 사람이야. 어제도 누구랑 술을 마셨는지 모르겠지만 내가 아무리 괜찮다고 해도 자기 친아들이 병원에 입원해 있다는데 바로 오지 않는다는 게, 난 도무지 언빌리버블이야."

X의 말이 맞는 것 같았다.

"내가 친정 이야기 잘 안 했잖아. 우리 집 사람들이 한집에 모여 살았을 때 정말 사이가 안 좋았거든. 고딩 때 가

출도 했었어."

"처음 듣는 얘기네."

"한국 남자들이 자기 와이프가 옛날에 가출했었다고 말하는 거 좋아하겠어?"

"소령은 아직 모르겠네."

"앞으로도 모를 거야. 이혼은 내 인생에 한 번뿐이니까. 그걸로 약점 잡을 생각은 하지 마."

"걱정 안 해도 돼. 난 너 얘기 들으면 다음 날 싹 잊어버리니까."

"어쨌든, 언니가 시집가고 내가 직장 다니느라 집에서 나오고, 오빠까지 장가를 가고 나니까 사이가 좀 좋아지는 거야. 매일 보지 않으니까 지지고 볶을 일도 없고. 우리 집 식구들은 모여 살면 안 되는 사람들이었나 봐. 윤 소령네 집에 가면 다들 사이가 좋아. 다들 가족끼리 사이가 나쁜 건 아닌가 봐. 내가 왜 본인이랑 이혼했냐면, 우리가 더 나빠지지 않으려고. 그게 맞는 거 같아서. 같이 살면 안 되는 사람들이었던 거야, 우리는. 윤 소령네 가족 같은 가족을 우리끼리는 만들 수 없었지."

소령한테 전화가 왔다. X가 빈자리로 가서 전화를 받고 왔다.

"더 마실 거야?"

"먼저 가."

"아니면 내가 계산하려고 했지."

"술값 정도는 있어."

"요즘엔 술 좀 덜 해?"

"걱정해주지 않아도 돼."

"약을 하는 건 아니겠지?"

"약 그만 팔고 갈 길 가지?"

"잘 살아. 내가 걱정 안 해도 알아서 하겠지만 여자도 만나고, 재혼해. 이번엔 잘 맞는 여자랑 만나서."

"너 팔자에 이혼이 한 번인 것처럼 내 팔자에 결혼은 한 번이야."

"이번엔 잘할지 모르잖아."

"지난번에도 그렇게 생각했어."

"형님은 이번 달에 출국한대. 본인한테 줄 돈도 있다던데? 제대로 다 주지는 못해도 다만 얼마라도 주고 싶대. 액수 물어보려다 간신히 참았어. 폐암에 걸려서 오래 못 사실 거 같대. 우리 이혼한 게 다 자기 잘못이라고 하더라. 형님이 좀 오버하는 면이 있나 봐. 왜 이혼했냐고 묻더라."

"뭐라 했는데?"

"나도 잘 모르겠다고 했지."

"왜 했는데?"

"본인은 처음부터 도망가려고만 했어. 울타리 안에서 여기가 진짜 본인이 있을 곳인지 아닌지 8년 동안 들어오지는 않고 의심만 했지. 아니야?"

"내가 안정된 직장을 나오니까 이혼하려고 했던 거 아니야?"

"영민이 만나는 거 힘들면 안 해도 돼."

X가 일부러 보라는 듯 쪽지를 꺼내 테이블에 놓았다.

지금 보니 앞모습보다 뒷모습이 매력적인 여자다. X가 카운터에서 계산을 하는 게 보였다. 나는 몇 만원 안 되는 걸로 굳이 상대의 자존심을 조금이라도 손상시켜보려는 X의 노력에 혀를 찼다. 계산을 마친 X가 밖으로 나가지 않고 자리로 돌아와 내 옆에 앉았다. X가 내 허벅지를 만졌다.

"우리 오랜만에……."

X의 손이 허벅지를 타고 사타구니로 내려왔다. 두 번 결혼하더니 더 능숙해졌다.

"소령한테 전화 왔잖아?"

"핑계 대면 돼."

X의 눈을 들여다보았다.

"뭘 그렇게 봐? 모텔은 자기가 계산하라고."

나를 희롱하려는 것 같지는 않았다.

우리는 택시를 타고 아까 있던 곳으로 돌아갔다. 지하에 민속 주점이 있는 건물 뒤편에 모텔이 몇 개 숨어 있었다. 모텔로 가는 길은 좁았다. 자동차 한 대 겨우 지나갈 수 있는 정도였다. 꼭 가야 할 사람이 아니라면 가지 말라고 만들어진 너비 같았다. 모텔 앞에서 X가 숨을 크게 들이마셨다가 내쉬었다. 나는 앞장서 모텔로 들어가 계산했다. 방에 들어오자마자 뒤에서 X의 젖가슴을 만졌다.

"아파."

한 손으로는 X의 음부를 더듬었다.

"내가 안 오자고 했으면 어쩔라 그랬어?"

"소령 귀두가 내 거보다 크냐?"

거울을 통해 X가 날 째려보았다.

"나랑 이혼하기 전에 소령 거 몇 번이나 빨았나?"

"왜 이래?"

"뭘?"

"추잡하게 굴 거야?"

"인간은 원래 추잡하니까."

"본인이나 그렇지."

"넌 안 그래?"

"안 그래."

"너 안에 추잡함이 없다고?"

"없어."

"너가 파충류냐?"

나는 X를 놓았다.

"그래, 난 추잡해. 그걸 이제야 알겠더라고."

"도대체 왜 이래?"

"아무래도 안 되겠다."

"뭐?"

"우리, 불륜이잖아."

X의 냉소는 월드 클래스였다.

"참, 여전히 어이가 없네, 당신이란 사람."

내가 먼저 모텔을 나왔다. 곧바로 X가 뒤따라 나왔다.

"혹시 안 서냐?"

나는 X가 매력적이라고 생각했다.

"사과는 생략해. 받아줄 생각 없으니까."

멀어지는 X의 구두 소리가 경쾌했다.

내 인생이 누구 건지 잘 모르겠다 싶었을 때 난 이혼했다. 비슷한 시기에 서로가 원한 게 다행이었다. 우리는 어쩌면 궁합이 잘 맞는 커플일지도 모른다. 비슷하게 시작하고 비슷하게 마무리 짓는 게 쉬운 일인가.

X가 준 쪽지를 펼쳤다. 형의 전화번호가 적혀 있었다. 여전히 형은 명필이었다.

중학교 들어가기 전, 여름방학 때 형과 둘이서 천안에 있는 친척 집에 열흘이 넘도록 갔다 온 적이 있었다. 형한테 수영도 배우고 축구도 함께했던 기억이 아직 남아 있는 걸 보면 그때까진 적어도 사이가 좋았던 것이리라. 그 후엔 형에 대한 좋은 기억이 없다. 공부도 운동도 못하는 게 없었던 형과 나를 차별한 건 아버지 입장에서 그럴 수도 있었다. 아버지는 어머니만큼 자식에 대해서 맹목적인 사람이 아니었으니까. 자식의 가치를 숫자로 매기는 건 아버지만의 잘못이 아닐 것이다. 빨간 그래프와 파란 그래프로 분류하고 차별하는 관성을 집까지 끌고 들어가는 건 조직의 원리에 정복당한 사람의 한계일 것이다. 내가 정작 참을 수 없었던 건 형의 태도였다. 언제나 형은 우월감을 숨기지 않았다. 군대에서 휴가를 나와 형과 술을 마셨을 때 난 형이 바뀌어 있을 줄 알았다. 시간은 기대를 부풀리기 마련이니까. 형은 군대에 갔는데도 왜 사람이 바뀌지 않느냐고 오히려 나를 나무랐다. 술을 마시며 나는 아버지를 욕했고 형은 두둔했다. 형은 아버지의 입장에서 보라고 충고했다. 모든 걸 희생하면서 자식을 키우는데 그 자식이 기대에 미치지 못한다면 과연 그 자식을 사랑할 수 있겠느냐면서. 아버지를 욕하기 전에 나 스스로를 돌아보라고 말했다. 불만을 가질 시간에 노력을 하라고 했다. 왜 안 되는지 내가 부족하다는 걸 먼저 반성해야 한다고. "반성하지 않으면 지금 수준밖에 안 되는 거야." "좆까, 씨발." 내가 형에게 한 마지막 진심이었다. 〈밤으로의 긴 여로〉에서 형이 동생에게 말했다. "나를 조심해라. (……) 내가 너를 타락시켰어. 그것도 일부러."

경제학을 전공한 형은 삼성전자에 다니다가 IMF 때 해고됐다. 다른 일자리는 성에 차지 않아 사업을 시작했다. 그러다 어느 정도 사업이 잘되는가 싶더니 위기를 맞았다. 분당에 땅을 가지고 있던 아버지는 할아버지한테 받은 그 땅을 처분해서 형의 사업 자금을 대주었다. 결국 형의 사업은 우리 집의 가장 큰 재산을 통째로 삼켜버렸다. 형은 옛 동료가 만든 조그만 벤처회사에 들어갔고 점차 안정을 찾아갔다. 형은 주어진 것에 불만을 갖지 않고 자신을 바치는 성향이기 때문에 회사에서 필요한 인물이 되었다. 아버지가 돌아가시고 얼마 후에 어머니도 돌아가셨다. 어머니는 아버지를 깊이 사랑하셨다. 그런 점 때문에 난 어머니를 사랑하지 못했다. 노르웨이로 자주 출장 가던 형은 아예 노르웨이로 이민을 갔다. IMF 이후 형은 이민을 고민하기 시작했고 사업이 망한 후 본격적으로 이민을 준비했다. 가족이 있는 한국을 떠날 수 없다고 했는데 부모님이 모두 돌아가시자 뒤도 보지 않고 떠났다. 형한테 나는 가족이 아니었던 것이다. 시간이 지나면 마음이 무뎌져 용서할 수도 있겠지만, 그럴 필요도 없을지 모른다. 그저 각자의 길을 갔을 뿐이다.

"요즘 내 고민이 뭔 줄 알아?"

천동석이 1년에 한 번 정도 짓는 진지한 표정으로 물었다.

"가장 아름다운 죽음은 뭘까."

"가장 아름다운 삶은 찾았고?"

"그냥 들어봐. 친척 아저씨가 지난주에 간암으로 돌아가셨거든. 돌아가실 때까지 2년을 치료하느라 내가 마지막으로 봤을 때 몰골이 불에 탄 나무 같더라고. 얼마나 비참하냐. 레슬링 선수 출신인데. 그래서 생각해봤어. 가장 아름다운 죽음이란 뭘까?"

천동석이 커피를 떨떠름하게 마셨다.

"오랜만에 보네, 당신 빨간 눈. 초승달 모양이 진한 게 완전히 사건 속으로 풍덩 빠져버렸네."

천동석이 담배를 피우기 위해 카운터 옆에 있는 창문

을 열었다.

"무덤 속에 있는 시체의 유전자와 신창술의 유전자가 99.9996% 일치한대. 시체는 신창술의 아들이 맞는 거야, 신인범."

플라스크에 술이 남아 있지 않았다.

"그동안 숨겨왔던 형제가 한 명 더 있었는데 신인범이 죽은 걸로 사기를 치려고 그 형제를 죽였을 수도 있잖아."

"미련 갖지 말고 소주나 한잔해."

"인간하고 보노보 침팬지 유전자도 99% 일치한다잖아."

"오야가 끝내겠대."

나는 소주를 거절하고 오피스텔로 돌아와 멍하니 텔레비전만 보았다. 신인범이 죽었다. 살아 있는 그의 얼굴을 한번 보고 싶었는데 그럴 수 없게 됐다. 신인범이 담배 피우던 장면을 수십 번 재생해서 보았다. 담배를 피우던 신인범이 중간에 한 번 웃었다. 역광이라 정확히 보이지는 않았지만 웃는 게 분명했다.

신인범이 모든 계획을 세운다. 어깨동무를 풀지 않던 남동생과 사이좋은 여동생이 화재를 빙자한 자살 계획에 동의하지 않을 거라 예측한다. 동생들을 속이기 위해 시체를 준비한다. 동생들은 주도면밀한 장남의 말을 따른다.

신인범은 처음부터 자살로 보험 사기를 완벽하게 마무리하려고 했던 것일까. 고등학교 동창한테 속고 대기업한테 빼앗기고 와이프한테 이혼당한 후 마지막으로 자신의 운명을 퇴짜 놓고 싶었던 걸까. 버티기 버거운 세상에서 달아나고 싶었을까.

아침까지 잠이 오지 않았다. 아침 겸 점심을 먹으려 콩나물국밥집에 들어서자 X한테 전화가 왔다.

"나야."

"알고 있어, 오늘 영민이 만나는 날이잖아."

콩나물국밥을 먹고 한숨 자려고 했는데 계획이 어긋났다.

"오늘은 농구장에 다녀와."

"농구장?"

"표는 영민이한테 보낼게. 1시까지 집 앞으로 와."

12시였다. 나는 주문을 기다리고 있는 종업원에게 미안하다고 말하고는 밖으로 나왔다. 서둘러 오피스텔로 들어와서 자동차 키를 가지고 도로 나왔다.

단독주택 앞에 도착하자 영민이가 나왔다. 영민이를 태우고 잠실체육관으로 갔다.

"밥은 먹었어?"

"응."

경기장에 가면 햄버거라도 팔겠지. 오늘 게임은 서울 삼성과 울산 모비스의 대결이었다.

"농구 좋아해?"

"응."

"친구들이랑 농구 해?"

"화, 목에 체육관 가서."

요즘 아이들에게 돈이 많이 드는 건 공짜로 할 수 있는 걸 돈 내고 배우기 때문이다. 자본이 들지 않고도 할 수 있는 일도 자본이 들게끔 만드는 게 자본주의가 효율적이랍시고 가는 길이니까.

"농구 하는 거 재밌어?"

"보는 게 재밌어."

"농구 잘해?"

"다섯 명 중에서 네 번째."

"누가 그래? 네 번째라고?"

"코치님."

코치를 바꾸라고 X에게 말해봤자 핀잔만 들을 것이다.

"삼성 팬이야?"

"아니, 모비스."

"왜? 영민이 고향이 서울이잖아."

"리온 윌리엄스, 하늘을 날아."

"서울 사람은 서울 팀을 좋아하는 거잖아."

"그런 건 촌스러운 거래."

"누가?"

"새아빠가."

소령의 고향이 울산이다.

"영민이는 나중에 농구선수 될 거야?"

"아니, 심판."

"이왕이면 선수를 하는 게 낫잖아."

"심판이 선수보다 높아."

농구가 끝나고 영민이와 저녁을 먹었다.

"동생 생겨서 좋아?"

작년에 X와 소령 사이에서 영민의 동생이 태어났다.

"아니."

"왜 안 좋아?"

"나는 파인애플 하나고 동생은 파인애플 두 개야."

"너도 애기 땐 파인애플 두 개였어. 아니, 세 개였어. 동생도 크면 파인애플 하나가 될 거고. 어른이 되면 파인애플 한 조각도 아니야."

저녁을 먹은 후 X의 집으로 향했다.

"어저께 엄마한테 혼났어."

대답만 하던 영민이가 먼저 말을 꺼냈다.

"왜?"

"동생이 내 옷을 자꾸 잡아당겨서 소파에서 밀었는데 울었거든."

"일부러 그랬어?"

"안 일부러."

"너도 모르게 방어를 한 거야?"

"방어?"

방어라는 말의 의미를 설명했다.

"엄마한테 많이 혼났어?"

"응. 내가 잘못한 거야?"

"잘못보다는 위험한 거야."

"뭐가 달라?"

나는 설명하지 못했다. 영민이가 들어가는 걸 보면서 담배를 한 대 피웠다. 어쩌면 아들과 만나는 게 재미있을지도 모르겠다는 생각이 들었다. X가 나왔다. 두꺼운 파카에 목도리까지 칭칭 감았는데 아래는 슬리퍼에 맨발이었다. 발이 뜨거운 여자다.

"뭐, 먹고살 거라고 그놈의 담배는."

"소령은 담배 안 피우냐?"

"애 낳고 바로 끊었어."

결혼을 두 번이나 할 만한 인물이다.

245

"오늘 즐거웠어?"

"영민이가 울산 모비스를 응원하는 건, 좀 그렇지 않냐?"

"본인 형님한테 또 연락 왔었어. 그저께."

나는 꽁초를 주머니에 넣고 한 대 더 피웠다. X는 담배를 피우는 것도 싫어하지만 꽁초를 함부로 버리는 걸 경멸한다.

"일주일 뒤에 한국 떠나신대. 그 전에 얼굴 한번 보재. 왜 그런지 모르겠지만 아무리 싫어도 눈 한번 딱 감고 만나. 받을 돈이라면서. 그리고 다시는 안 보면 되잖아. 왜 그걸 못 하냐?"

"영민이 너무 혼내지 마."

"딴소리는."

"원래 동생이 생기면 첩이 들어오는 거랑 비슷하다고 하잖아."

더군다나 씨가 다른 형젠데…… 사이드미러로 보이는, 점점 작아지는 X의 표정이 선명하게 보였다. 언제 어른이 될 거냐는 찡그림.

나는 돌아오다가 포장마차 근처에 차를 대고 술을 마셨다. 혼자 마시는 술이 더 씁쓸한 게 좋다. 신인범이 누군가 보라는 듯 남긴 메시지는 끝까지 그가 갈등하고 있었다는 증거일까. 가족을 위해 영원히 떠나려는 결심이 행여나 흔들릴까 두려웠던 걸까.

신인범이 계속해서 날 따라다녔다.

의뢰인

며칠간 이어지던 추위가 한풀 꺾였다.

제육볶음이 생각나서 간혹 들르는 식당에 갔다. 점심을 먹고 식당 근처에 있는 가족공원으로 산책을 나갔다. 공원에서 흡연은 완전히 금지됐다. '흡연 적발 시 과태료 5만 원'이라는 빨간 경고 문구를 보자 담배가 생각났다. 농구장 너머에 있는 화장실 뒤편이 금연의 피난처로 적당해 보였다. 화장실 앞에 플래카드가 걸렸다.

'목격자를 찾습니다.'

지난달 19일 새벽에 가족공원에서 발생한 살인사건의 목격자를 찾아달라는 것이다. 이 사건의 뉴스를 본 기억이 났다.

담배를 피우고 있는데 숙희가 저녁을 먹자며 연락했다.

"곱창 먹으러 갈까?"

"오빠가 먹고 싶은 걸로."

우리는 삼겹살집으로 갔다. 소주 한 병을 비웠다.

"일하기 전에 술 마셔도 돼?"

"술이 들어가야 일을 더 잘하지."

"노가다들이 하는 말이네."

"내가 하는 일이 노가다지."

소주 한 병을 더 시켰다. 숙희는 술이 받지 않는지 금방
혀가 풀렸다.

"어제 그런 생각이 들더라."

숙희가 다음 말을 주저하는데 내 휴대폰이 진동했다.

"황승찬 기자시죠?"

나는 아직 황승찬 기자였다.

"누구세요?"

"SNC라이프 손연경 플래너요."

"아, 예. 웬일이시죠?"

숙희가 부추 무침을 더 달라고 말했다.

"좀 이상한 게 있어서 만나서 이야기를 해드리려고요."

"전화로 하실 순 없나요?"

"그…… 그래도 되죠. 사실 별로 중요한 이야기가 아닐
수도 있긴 해요."

어리보기가 얼마나 대단한 걸 알아냈을까.

"신연아 씨라고 아세요? 신인범 씨의 여동생인데."

"네."

"신연아 씨가 2년 전에 보험금을 탄 것도 아세요?"

"무슨 보험?"

"남편이 죽었거든요."

"네?!"

전화기 너머에서 누군가 플래너를 부르는 소리가 들렸다. 플래너는 전화기를 막고 누군가에게 대답을 했다.

"제가 다시 전화를 드릴게요."

"아뇨, 제가 바로 그쪽으로 갈게요."

전화를 끊고 숙희 옆으로 왔다.

"무슨 전화야?"

"자살과 타살의 경계에 선 전화. 바로 가야 돼."

숙희가 입을 삐죽거렸지만 나는 바로 술값을 계산하고 나왔다.

손연경이 머리를 두 갈래로 딴 채 알프스에서 뛰어다니는 하이디처럼 웃었다. 그러고는 서류를 내밀었다. 신연아의 전남편이 5년 전에 보험에 가입했고 3년 전에 자살을 시도했으며 수익자인 신연아가 보험금을 수령했다.

"자살이 확실한가요?"

"그렇다고 쓰여 있어요."

신연아와 전남편은 함께 와서 생명보험에 가입했다. 금액은 각각 5억 원씩이었다.

신연아가 아이와 캠핑을 간 날이었다. 남편이 집에 왔고 냉장고엔 평소 남편이 좋아하던 곰탕이 있었다. 남편은 곰탕을 데워서 그 안에 청산가리를 넣어 먹은 것이다. 곰탕 그릇에서 시안화칼륨이 검출됐다.

플래너와 헤어지고 커피숍을 나오면서 숙희한테 온 두 통의 메시지를 확인했다.

—어제 오빠가 내 남편 같다는 생각을 했어. 내 중심.

—오늘 먼저 가서 서운했어.

나는 주소록에서 숙희의 전화번호를 삭제했다. 이제 숙희와 만나지 않을 생각을 하니 서운했다.

천동석한테 연락했다.

"신연아 옛날 시댁 쪽 사람들 연락처 좀 알아봐줘."

"안과는 간 거야?"

"내 말 들었어?"

"왜 그 일에 매달리는데?"

"당신이 시작했잖아."

"보험 사기 포상금 때문에 그래?"

"도와주지 않으면, 포상금 전부 내가 먹는다."

254

"바로 연락 줄게."

"한 가지 더. 신연아의 전남편이 음독자살을 했거든. 그때 사건일지 좀 복사해줘."

"경찰 사건일지가 도서관에서 책 복사하는 건 줄 알아?"

"밥상 차려줘도 못 먹는 우 형사한테 그거라도 좀 알아보라고 하던가."

"우 형사가 당신을 싫어하는 건 알고 있는 거야?"

"다행이네."

커피숍에 들어오자 단 한 번도 살인을 상상해본 적이 없게 생긴 남자가 앉아 있었다.

"한마디로 성실한 친굽니다. 공부를 잘했던 건 아닌데 딴짓 안 하고 무지 열심히 했어요. 왜 그런 거 있잖아요. 노력은 별로 안 하는데 성과가 좋은 애들이 있고 반면에 죽어라 노력해도 저주받은 애들이 있고."

신인범은 대학을 다니며 늘 아르바이트를 놓지 않았다. 장학금도 받고 다녔다. 다른 사람들이 술 마시고 세상에 대해서 논할 때 신인범은 고등학생처럼 예습 복습을 하며 오로지 자신 앞에 놓인 현실에 전력을 기울였다.

"대학 때 인범이 학과의 수업을 듣는 다른 과 여자가 있었는데 축제 때 만난 적이 있었어요. 그 여자가 먼저 연애를 하자고 했는데 인범이가 받아주지 않았다고 하더라고요."

별로 예쁘지 않았겠지.

"누가 봐도 예쁜 얼굴이었어요."

예쁜 여자가 먼저 접근하는데 거절하는 남자가 있단 말인가.

"감당할 수 없을 것 같다고 그러더라고요."

자신의 멍청함을 감당할 수 없었겠지.

"한가하게 연애나 할 때가 아니라고. 인범이가 대학 때 고시 공부를 했었는데 대학 졸업하면서 그만두더라고요. 자기 머리로는 도저히 할 수 있는 일이 아니라면서."

나는 안주머니에서 플라스크를 꺼내 커피에 탔다.

"아버지하고 사이는 어땠을까요?"

"어릴 때는 싫어했는데 나중에는 연민, 뭐 그런 게 있었나 봐요."

"부인에 대해 특별히 이야기한 건 없었습니까?"

"다들 하는 정도죠, 뭐."

"다들 어느 정도로 이야기를 할까요?"

"뭐……."

"특별히 표독하다거나?"

"다들 그렇지 않나요?"

X만의 문제가 아니었다.

오진욱은 양 이사에 대해서는 알지 못한다고 했다.

"신인범 씨가 동생들을 걱정했습니까?"

"연아 남편이 죽었을 때 많이 안타까워했었죠. 그래도 연아는 능력이 있으니까. 막내 걱정을 많이 했어요."

"신인범 씨를 마지막으로 만나신 게 언젭니까?"

"작년 여름에요. 그리고 장례식장에서 영정 사진으로 봤어요."

나는 위스키가 섞인 커피를 마셨다.

"마지막에 봤을 때 눈빛이 좀 무서웠어요. 반드시 다시 일어설 거라고. 여기서 끝날 수 없다고, 절대로…… 그렇게 말하더라고요."

"사실상 사업은 끝난 거잖아요."

"저도 그렇게 말했죠. 사업을 새로 시작하는 건 위험하니까 차근차근 일어서라고. 지금도 늦지 않았다고."

"뭐라던가요?"

"끝낼 수 없다고. 고시 공부를 포기할 때도 자신을 포기하는 것 같았다고. 사업마저 포기한다면 자기 인생도 끝날 거라고, 그랬죠."

오진욱이 물을 마셨다.

"사업에 실패하더니 철학자가 다 됐더라고요."

신인범은 '인간의 역사는 곧 착취의 역사'라고 말했다. 넓은 땅을 소유한 지주가 소작농에게 땅을 빌려주고 수확의 일정 부분을 받았던 '수평적 착취'에서 빌딩 소유주가 세입자에게 공간을 빌려주고 매달 월세를 받는 '수직적 착취'로 변했을 뿐이라는 것이다.

"보통 수입의 대부분을 보험료로 내지는 않잖아요."

"거기까진 모르겠습니다. 전, 그만 들어가서 일해야 될 거 같네요."

"혹시 신인범 씨한테 돈을 빌려주시진 않았습니까?"

"저는 아무리 친한 친구라도 돈거래는 안 합니다."

"어떤 사람이었을까요? 신인범이란 사람."

오진욱이 내 커피잔을 물끄러미 보았다.

"커피에 타서 드시면 무슨 맛이죠?"

내가 플라스크를 꺼내 그의 커피잔에 적당히 부었다. 오진욱이 맛을 보았다.

"좋네요."

"그러니까요."

"인범이가 스페인 현지에 가서 엘클라시코를 직접 보자고 했어요. 언젠가 오십이 되기 전에 꼭 같이 한 번 가자고. 인범이는 레알 마드리드 팬이고 전 바르셀로나 팬이거든요."

신인범은 오십도 살지 못했지만 남들 백 년만큼 열심히 살았다.

"인범이 꿈이 뭐였는지 아세요?"

신인범과 친했던 중학교 동창 다섯 명이 호프집에서 백일주를 마셨다. 한 친구가 술만 마시지 말고 각자의 꿈에 대해서 이야기를 하자고 제안했다. 신인범이 꿈을 말했을 때 다른 친구들이 모두 비웃었다.

"뭐라고 했는데요?"

"좋은 아빠가 되고 싶다고."

오진욱이 커피를 음미하며 웃었다.

"좋은 사람이라고 해서 좋은 아빠 같은 건 될 수 있는 건 아니죠."

테이블 위에 있는 오진욱의 휴대폰이 진동했다.

"인범이를 보면 가족에 중독된 사람 같았어요."

오진욱이 카톡을 확인했다.

"정말로 가봐야겠네요."

오진욱이 커피숍을 나가 구청으로 들어갔다.

퇴근시간에 맞춰 양미정의 회사 근처에 있는 커피숍에 들어갔다. 이번에는 양미정이 약속 시간을 지켰다. 원래 둥그런 얼굴형이지만 지난번보다 좀 부은 것 같았다.

"어쩐 일이세요?"

"술 한잔 사고 싶어서요."

이유를 말하지 않고 무조건 만나달라고 했다.

우린 숯불바비큐집으로 들어갔다.

"양미정 씨가 의뢰인이라는 거 알고 있습니다."

양미정이 맥주를 마시다 날 힐끗 보았다.

"무슨 소리예요?"

양미정의 포커페이스는 자연스러웠다.

"이번 사건의 진실이란 게 뭘까요? 두 가지 중 하나겠죠. 누가 신인범을 죽였느냐? 아니면 신인범이 죽었느냐 살았느냐? 시체가 신인범이란 사실이 밝혀지자마자 의뢰가 취소됐어요. 누가 죽였느냐가 중요했다면 지금부터 시작인데 취소할 리 없죠. 클라이언트는 처음부터 신인범이 죽지 않았을 거라고 생각했던 거죠. 모두가 죽었을 거라고 생각했을 텐데도 불구하고."

"그런데 왜 저예요?"

"얼굴이 부었는데, 시신이 신인범이라는 결과가 나온 후에 많이 울었습니까?"

양미정이 맥주를 욱여넣으며 표정이 올라오려는 걸 억누르려는 것 같았다.

"신인범이 죽었다는 게 확인되고 나서 충격을 받은 사람은 양미정 씨밖에 없는 것 같네요."

양미정이 내 눈을 정면으로 응시했다.

"보험 가입부터 화재까지 모두 신인범이 계획했잖아요. 당신은 그걸 알고 있었고. 당연히 신인범은 죽지 않아야 되는 거였고. 계획대로 성공했다면 신인범은 살았지만 세상에는 없는 사람이 되는 거죠."

"사장님이 살해당했다면 범인을 계속 찾아야 되잖아요."

내가 궁금한 게 그것이었다.

"보험금으로 가족들이 살 수 있게 해놓고 신인범은 당신과 도망이라도 가려고 했겠죠."

"난 유부녀예요. 사장님은 이혼했지만 그건 법적인 이혼일 뿐이고."

내가 건배를 청했다.

"사랑하는 사이였잖아요, 두 사람."

양미정이 주저하다가 맥주잔을 들었다. 건배는 하지 않고 마셨다.

"맞아요. 많이 울었어요. 그런데 그건 사장님과 내가 그렇고 그런 사이라서가 아니에요. 우린 한 번도 같이 잔 적이 없어요. 우린 인간적으로 서로를 좋아한 거지, 불륜은 아니에요."

양미정의 눈가에 눈물이 고였다. 양미정이 두 손으로 이마부터 머리카락을 쓸어넘겼다.

"사장님이 컨테이너에서 불이 날 거고 뉴스나 신문에 자기가 죽었다고 날 거라고 했어요. 19일 날 불이 날 건데 21일 날, 돈을 준비해서 용산역으로 가져오라고."

"무슨 돈이요?"

"공장이 망하기 전에 사장님이 저한테 맡겨둔 돈이 있었어요."

"21일 날 신인범이 용산역에 오지 않아서 그 돈으로 범인을 찾아달라고 의뢰를 한 거고?"

"네."

"그런데 왜 그만뒀어요?"

"사장님이 죽었을 거라고는 생각도 못 했어요. 늘 약속을 지키는 분이니까. 유전자 검사 결과가 나왔고…… 모든 게 부질없다는 생각이 들었어요. 사장님이 자살한 걸 테니까."

양미정의 휴대폰이 울렸다. 전화를 받고 오겠다며 나갔다. 단체 손님이 들어와 자리를 잡느라 시끄러웠다. 떨어져 앉을 수밖에 없게 되자 단체가 나갔다. 호프집 주인이 단체를 잡지 못한 종업원을 잡아먹을 듯 노려보더니 쫓아나갔다. 나갔던 단체가 다시 들어왔다. 사장은 다른 테

이블에게 자리를 바꿔줄 것을 요구하고는 기어코 안쪽
에다 단체가 앉을 자리를 마련했다.

양미정이 돌아왔다. 점퍼 안에서 돈뭉치를 꺼내 테이
블 위에 두었다.

"사장님이 돌아가신 걸 확인했으니까 받아두세요."

"신인범 씨는 살해당했어요. 제가 범인을 찾아내면 돈
은 그때 주시죠."

"살해당했다고요? 누가······?"

"지금부터 그걸 알아내야죠."

지금까지도 그걸 알아내려 했지만.

"그리고 저랑 사장님이랑은, 비밀로 해주세요."

양미정이 건배를 청했다.

"범인을 찾으면, 저한테 제일 먼저 연락 주실 거예요?"

"그럴게요."

내가 먼저 일어나 나왔다.

신인범은 죽지 않을 계획이었다. 왜 계획을 변경했을
까. 블랙박스에 보이는 신인범의 미소는 마지막 미련일
까. 계획을 변경한 게 아니라 변경당한 걸까.

아침에 눈을 뜨니 레드독 2가 신연아의 노트북을 보여
주었다. 신연아는 주식 시세를 보고 있는 중이었다. 코스

피지수가 2,000.99였다. 어제보다 주가가 떨어졌는지 '▼ 7.56'이라고 표시되었다. 나는 주가지수가 무엇을 의미하는지 모른다. 언젠가 클라이언트인 펀드매니저에게 설명을 들은 적이 있지만 그 뜻을 정확히 이해하지 못했다. 주가지수를 볼 때마다 자본주의의 위험 지수 같다는 생각이 든다.

유서

천동석한테 받은 현장 사진은 복사된 것이라 흑백이었다. 첫 번째 사진은 신연아의 전남편이 식사한 흔적이었다. 두 번째는 거실 전경이었다. 지은 지 오래됐고 대략 28평쯤으로 보였다. 현재 신연아가 살고 있는 집은 신축한 지 얼마 안 됐고 36평쯤 됐다. 8평 넓은 새집으로 가려고 남편을 죽였단 말인가.

서류 맨 뒷장엔 전남편의 유서가 있었다. 인쇄체였다.

"유서를 컴퓨터로 쓰는 건 흔하지 않은 거겠지?"

내가 물었다.

"결벽증이면 가능하려나."

"결벽증 있는 사람이 자기 새끼가 살고 있는 집에서 청산가리를 먹고 자살한다고?"

"신연아 남편이 자살하기 일주일 전에 인터넷에서 이메일로 청산가리를 주문한 게 확인됐잖아. 청산가리 가격을 지불했던 송금 내역도 밝혀졌고. 짭새는 거기서 더 이상 의심하지 않은 것 같은데?"

남편의 이메일을 사용하는 건 어려운 일이 아닐 것이다. 남편 이름으로 된 통장을 같이 사용하는 것도 흔한 일이다. 유서의 청자는 신연아였다. 사건 조서에는 신연아의 진술이 있었다. 사건 당일 캠핑을 함께 떠난 두 친구의 이름과 전화번호도 있었다.

고맙고 사랑하는 연아에게.

먼저 가서 미안하다. 아이들을 잘 부탁해. 당신한테 얼마나 커다란 상처가 될지 알지만 그래도 내가 할 수 있는 최선의 선택은 이거밖에 없다는 것도 이해해주었으면 좋겠다. 누가 뭐라고 해도 난 당신이 있어서 행복했다. 우리 누나들이 당신을 마음에 들어하지 않았던 건 내가 대신 사과할게. 당신이 좋은 사람이라는 걸 누나들은 알지 못한 것뿐이니 너무 원망하지 마라. 먼저 가서 기다리고 있을 테니까 아이들 잘 키우고 천천히 와. 좋은 사람 있으면 재혼하길 바랄게. 진심으로.

"이 편지, 신연아가 신연아한테 보낸 것 같지 않아?"

나는 만두 가게에 들어갔다. 신연아의 고교 동창생인
고진숙이 맛을 보라며 만두 몇 개를 테이블 위에 놓았다.
인사를 나누려는데 가게 밖과 연결된 선반에서 손님이
주문을 했다. 고진숙이 만두를 팔고 왔다.

"연아는 좀 어때요?"

"남매가 사이가 좋았나요?"

"좋았죠. 인범이 오빠가 가족도 잘 챙기고 능력도 있고
다정다감한 사람이니까."

신인범이 여동생의 친구에게 다정다감한 사람으로 보
였다는 게 왠지 어울리지 않는다고 느껴졌다. 이 사건이
완전히 끝날 때까지 나는 신인범이란 사람을 알 수 있을
까.

"5년 전에 신연아 씨 전남편이 죽던 때 캠핑을 갔잖아
요. 어디로 가셨죠?"

"포천이요."

"캠핑은 자주 가시나요?"

"그즈음에만 두 번 갔었을 거예요."

"그 후에는요?"

"안 갔어요."

"이상한 점은 없었습니까?"

"어떤 이상한 거요?"

"뭐, 신연아 씨한테 죄책감 같은 게 보였다던가……."

"죄책감이 왜요?"

손님이 왔고 고진숙은 만두를 팔았다.

"남편에 대한 이야기는 안 했을까요?"

"여자들끼리 모여서 남편 이야기를 안 하면 무슨 이야기를 하겠어요."

또다시 손님이 와서 고진숙이 자리를 떴다. 주문량이 많아 시간이 좀 걸렸다. 나는 밖으로 나와 담배를 피웠다. 내가 자리로 돌아오자 고진숙도 왔다.

"연아가 지 신랑한테 잘했어요. 청산가리 마시고 나서 1년 동안 병원에 출퇴근했죠."

"남편이 바로 죽은 게 아니었나요?"

"식물인간으로 1년 정도, 1년 좀 안 됐나? 병원에 있었죠."

"생명보험료로 받은 게 꽤 병원비로 들어갔겠네요?"

"실비보험이 있다고 했어요."

보험의 여왕이라도 되려고 했나.

"만두가 맛이 없어요?"

나는 남은 만두를 마저 먹었다. X도 자기가 차린 음식에 대한 내 태도를 자신에 대한 태도로 규정했다.

"5년 전에 신연아 씨가 빚에 시달리진 않았을까요?"

"아닐걸요."

"남편을 끔찍하게 싫어했다거나?"

"아니에요. 만두 좀 더 드릴까요?"

"이따 갈 때 사가겠습니다."

"그냥 드릴게요."

"공짜로 먹을 맛이 아니라서요."

고진숙이 뻐드렁니를 드러내고 웃었다. 고진숙은 기어코 만두를 공짜로 싸주었다.

나는 신연아의 시누이였던 배성미의 집을 찾아갔다. 배성미에겐 기자라고 거짓말을 할 필요가 없었다. 신연아의 전남편, 배철민한테는 누나가 둘 있었다. 큰누나는 남동생이 죽은 후 얼마 지나지 않아서 죽었다.

"그년 오빠가 죽었다면서요?"

배성미의 입술이 떨렸다.

"그년이 죽인 거예요. 내 동생을 죽인 것도 그 악마고."

"경찰은 배철민 씨가 자살한 걸로 결론을 내렸던데."

"그년이 얼마나 주도면밀한데. 깡통들이 못 밝혔지."

"그때 경찰한테 항의를 하셨나요?"

"내가 지랄하다가 유치장에서 하루 있다 나왔어요. 범인을 잡으라고 했더니 피해자 누나나 잡고 앉았고, 맹꽁이들."

배성미가 커피를 두고 옆에 냉수를 마셨다.

"철민이가 청산가리 먹고 후유증으로 식물인간이 됐어요."

배철민이 청산가리를 먹고 쓰러진 날, 배성미가 김치를 주러 집에 들렀다. 그때 기껏 살려놨더니 신연아가 또다시 살인을 저질렀다는 것이다.

"뭘 빨아먹을 게 있다고 캠핑을 2박 3일이나 갔겠어요? 지 남편 먹는 곰탕에 청산가리를 타놓고 캠핑 갔다가 돌아오면 숨이 끊어져 있게 미리 짠 게 아니면 뭐겠어요? 같이 간 친구 년들하고."

신연아의 짓이라 해도 캠핑을 함께 간 친구들은 몰랐을 것이다.

"집에는 어떻게 들어가셨어요?"

배성미는 현관 도어록의 비밀번호를 알았다. 신연아는 현관문의 비밀번호를 아는 시누이 때문에 스트레스를 받았을 것이다. X는 내가 여자 형제가 없는 것이 가장 큰 장점이라고 했다. 배성미가 배철민을 발견하고 119에 신고했다. 배철민은 병원에서 치료를 받던 중 심정지가 왔다. 소생술로 살리긴 했지만 뇌 손상이 심했다. 자살을 목적으로 한 음독 환자는 의료보험 혜택을 전혀 받을 수 없다. 배철민은 흡인성폐렴, 패혈증, 뇌 손상, 기관절개 상태, 기계호흡 상태라서 회복이 어렵다고 판단됐다. 신연아는 병원비를 감당하기 어렵다며 배철민을 집으로 데려가겠다고 했다. 배성미는 동생 부부가 생명보험에 든 것도 몰랐다. 배성미가 병원비를 도와줄 형편도 아니었다. 배성미 남편의 고향 선배가 원무과 과장으로 있는 병원으로 배철민을 옮겼다. 배철민은 자살을 기도한 환자가 아니라 저산소증에 의한 뇌신경 손상 환자로 조작됐다. 보험공단에서 나와 실사를 하면 병원은 범법자가 되는 일이었다. 치료를 받던 배철민은 조금씩 호전되고 있었는데 어느 날 갑자기 죽었다. 배성미는 '핏줄의 육감'으로 경찰에 신고했지만 경찰은 의학적으로 충분히 비슷한 사례가 있다며 자연사로 결론을 내렸다.

"웃기고 자빠졌지, 천치들."

"왜 자연사라는 겁니까?"

"치료 도중에 쇼크사로 죽을 수도 있다고요. 우리 철민이가 공수부대 출신인데, 얼마나 겁이 없는데 쇼크로 죽겠어! 말이 안 되지."

"5년 전에 신연아 씨가 경제적으로 힘들었습니까?"

배성미가 키친타월로 코를 풀었다.

5년 전에 배철민은 설렁탕집을 운영했다. 근처에선 나름 맛집에 속했다. 배철민은 장사를 하면서 한 달에 5백만 원 이상씩 꾸준히 집에 갖다 주었다. 배철민의 설렁탕집 앞에 있는 도로 건너편에 주유소가 없어지더니 그 자리에 프랜차이즈 설렁탕집이 들어섰다. 인지도가 높은 '부손 설렁탕'이었다. 맞은편 설렁탕집이 장사를 시작하자마자 배철민의 설렁탕집은 거짓말처럼 발길이 뚝 끊겼다. 배철민은 인테리어를 새로 하고 가격도 낮춰봤지만 소용없었다. 매달 천5백만 원 이상 나오던 매출이 2백만 원도 나오지 않고 반년이 흘렀다. 더 이상 버틸 수 없던 배철민은 가게를 내놓았지만 권리금을 주고 들어오려는 사람이 없었다. 다시 반년이 흘러 보증금만 받고 가게를 넘겼다. 한 달 후에 배철민은 청산가리를 탄 곰탕을 먹고 죽었다.

"진짜 의심스러운 게 뭔 줄 아세요?"

배철민의 형수가 무서운 소리를 들었다고 했다. 배철민이 형수한테 술에 취해 "형수, 애 엄마가 나보고 자살이라도 하라는데"라며 웃더라는 것이다.

"그게 무슨 말이겠어요? 나중에 두 내외가 둘 다 생명보험에 들었다는 걸 알게 되니까 왜 그 이야기를 했는지 알겠더라고. 보험금이라도 타게 죽으라는 말이 아니면 뭔 씨나락 까먹는 소리겠냐고, 그게. 그래서 자살을 못 하니까 그년이 죽인 게 아니면 뭐겠어요."

"처자식을 위해서 진짜로 자살한 걸 수도 있잖아요."

"이 양반이, 지금까지 무슨 얘길 들은 거야!"

나는 배성미의 흥분이 가라앉도록 기다렸다. 배성미가 화장실에 들어가서 세수를 하고 나왔다.

"그년이 그때 주식에 빠져 있었어요. 철민이 말로는 5천 쯤 잃었다고 했어요. 그것 때문에 부부 싸움도 잦았고. 나도 그년한테 뭐라고 했었죠. 주식은 도박이라는데 그런 거 하지 말라고. 그년이 독사 같은 눈으로 날 째려보면서 그러더라고요. 모르는 소리 하지 말라고. 누구보고 모르는 소리 하지 말라고 해. 씹어 먹어도 시원찮을 년."

배성미가 다시 흥분하기 시작했고 나는 그 집에서 나왔다.

나는 신연아 회사의 경리과 직원과 접촉했다. 그녀에게 최근 두 달 동안 신연아가 언제 결근이나 조퇴를 했는지 알아봐달라고 했다. 경리를 다시 만나기 위해 신연아의 회사가 입주해 있는 빌딩 앞으로 갔다.

도시의 빛이 여기저기 그림자를 드리웠다. 퇴근시간이

되자 빌딩에서 사람들이 몰려나왔다. 사람들은 해가 떠 있는 시간을 감옥 같은 빌딩 안에서 겨우 담배 정도로 잘도 견디는 모양이었다.

경리한테 전화가 왔다. 빌딩 건너편에 있는 기업은행 건물 8층에 커피숍으로 가 있으라고 했다.

"거기서 기다리고 있어요."

한 시간을 더 기다리자 경리가 나타났다.

"지금 회사가 초상집이에요."

어제 주식회사 '제복제약'의 영업 본부장이 경찰에 긴급 구속됐다. 제복제약에서 수입해 판매하는 알프라틸녹스를 빼돌려 몇몇 연예 기획사에다 소매가의 열 배가량 되는 가격으로 공급해왔다. 본부장은 인터넷 중고 약국에서 직거래로 판매하기도 했다. 경찰은 의사의 처방 없이 의약품을 직거래하는 중고 약국에서 불법으로 거래한 사람들의 명단을 확보하고 수사에 착수했다.

"알프라틸녹스가 뭐죠?"

알프라틸녹스는 벤조디아제핀 계열이며 알프라졸람 성분의 약물이다. 같은 계열의 디아제팜이 저역가 약물로 작용이 서서히 그리고 길게 나타난다면 알프라졸람은 고역가 약물로 작용이 빠르고 짧게 나타난다. 정부는 두 성분 모두 마약류, 즉 향정신성의약품으로 분류해왔다.

의사의 처방이 없이는 절대로 사고팔 수 없는 것이다. 검찰은 그렇게 많은 양을 빼돌린 것을 제복제약 측이 몰랐을 리 없다고 판단하고 회사를 압수수색 했다.

"신연아 과장님도 구속됐어요."

검찰이 영업 본부장의 계좌를 추적하다가 낯선 이름이 보여서 추적했더니 신연아의 어머니 계좌였다. 검찰은 신연아도 약을 빼돌린 데 관여했다고 보고 그녀를 구속했다. 몇 년 전 프로포폴 파문 이후 보건복지부는 보험, 비보험 처방에 관계없이 향정신성의약품의 사용 내역을 매달 정부에 보고하도록 의무화했다.

"본부장님 매형이 판사래요. 판사도 무슨 부장이라던데. 부장 집안인가 봐요. 그래서 본부장님은 빠져나갈 것 같다고 하기도 하는데. 대신 신 과장님이 덤터기 쓸 거라고. 그게 가능한가요?"

"우리나라에선 충분히 가능하죠. 제가 알아봐달라고 한 건?"

"신 과장님이 19일 전에 특별히 결근하거나 조퇴한 적은 없어요."

경리가 출근 기록을 인쇄한 종이를 건넸다. 나는 그녀에게 대가를 건넸다.

신연아가 결근한 날은 경조 휴가 닷새하고 내가 찾아갔

던 하루뿐이었다. 신연아는 내가 찾아간 날 병가를 냈다.

"병가 사유는 아시나요?"

"오빠분이 돌아가셔서 정신적인 충격 때문에 하루만 쉬었으면 좋겠다고 했대요."

그날 신연아는 일부러 나를 불렀다.

목격자를
찾습니다

천동석한테 온 전화 때문에 잠에서 깼다. 우 형사가 가락경찰서로 오라고 했다는 것이다.

"왜 보자는 건데?"

오피스텔 창문을 열자 황소바람이 불어왔다.

"중요한 거라니까 가보자고."

"이유를 말해주든가 이유를 묻든가. 한참 달콤하게 잘 시간에 오라 가라 하면 그게 정의 사회가 구현될 일이냐고?"

"정의 사회가 끝난 지가 언젠데. 빨리 준비해."

우 형사가 기동력이 부족해 보이는 두꺼운 파카를 입고 우리를 맞았다. 천동석은 우 형사와 10년 만에 만난 친구처럼 악수했다. 나는 눈인사만 나누었다. 우 형사가 고발장을 내게 건넸다. 고발인은 신인학이고 피고발인은 나였다. 고발 이유는 내가 기자를 사칭했으니 엄히 처벌해달라는 것이었다. 우 형사는 신인학한테 공무원을 사칭하지 않은 이상 사칭죄는 성립하지 않는다고 설명했다. 만약 기자를 사칭해서 내가 금품을 갈취했다면 빼앗긴 금품에 대한 죄는 성립하겠지만 기자라고 거짓말을 한 것만 가지고는 피해가 없으니 처벌할 수 없다는 사실을 알려주었다. 신인학은 내가 준 명함을 주면서 문서위조가 아니냐고 따졌다.

"물정 모르는 꼴통 새끼."

천동석이 말했다.

"밥 먹으러 갑시다."

우 형사가 앞장서 갈빗집으로 갔다. 갈비탕 세 그릇을 시켰다.

"이 집 갈비탕에 고기가 많이 들어 있어. 서울엔 이런 집이 없을걸."

우 형사가 어깨를 으쓱했다. 요즘엔 시골 인심보다 서울 장삿속이 더 넉넉하다는 걸 모르는 듯.

"안양천은 어떻게 되는 겁니까?"

"시체가 신인범이 맞잖아요. 신인범이 죽었는데 시체를 돈 주고 샀다는 게 말이 안 되는 거고."

"2천만 원은 뭘까요?"

"신인학이 안양천한테 진 빚이라잖아요."

"언제 진 빚인지 확인했습니까? 거래 내역이 있었는지?"

우 형사가 얼버무렸다. 확인하지 않았겠지.

"강원도가 가까우니까 경기도라도 이렇게 공기가 좋아."

천동석이 끼어들었다.

점심을 먹고 밖으로 나왔다. 테라스에 커피머신이 있었고 파라솔이 두 개 설치되어 있었다. 우리는 자리를 잡고 앉았다.

"신연아가 의약품을 빼돌린 건 어떻게 됐습니까?"

"본부장이 주범이고 신연아는 도운 것 같던데. 초범이고 주범이 아니라 아마 풀려날 거예요."

우 형사가 컨테이너하우스의 화재를 처음 목격하고 신고한 사람의 연락처를 주었다. 그를 만날 일이 있을지 모르겠다.

"그럼, 본론으로 들어갈까요?"

우 형사가 USB를 꺼냈고 나는 파일을 태블릿에 옮겼다.

재생된 동영상에는 낯익은 남자가 등장했다. 영상이 심하게 흔들렸다. 우 형사가 말해주지 않았다면 등장인물이 양 이사인지 알아보기 힘들 정도였다. 휴대폰을 잠바 주머니에 꽂은 채 촬영을 한 것이었다. 양 이사의 말

투는 강했다. 동영상이 2분쯤 지나자 카메라도 안정됐
다. "너…… 초농이 너 하나 못 죽일 거 같아? 요즘에 나
이스하게 청부살인 해주는 데가 얼마나 많은 줄 알아?
너가 재판해봤자 너 돈만 까먹는 거야. 초농이 눈 하나
깜빡할 줄 알아?" 양 이사의 욕을 듣고 있는 이의 모습은
카메라와 같은 선상에 있어서 볼 수 없었다. "사필귀정이
라고 했어." 양 이사가 웃었다. "나 좀 도와주면 안 되겠
냐? 옛정을 생각해서." 양 이사가 비웃었다. "고소 취하
해. 다시는 나 찾아오지 말고. 그럼 옛정을 생각해볼 테
니까." 양 이사의 옷차림은 가을이었다. 양 이사가 신인
범을 마지막으로 만난 게 넉 달 전이라고 했는데 그때였
던 것 같았다. 동영상이 끝났다.

"지금 양 이사는 어디 있습니까?"

"지난주에 네덜란드로 출국했어요."

"또 출장을 갔나 보네."

"아니."

양 이사는 네덜란드에서 돌아온 후 회사를 그만두었
다. 양 이사의 소유였던 집도 처분했다. 부동산중개업자
에 의하면 시세보다 낮은 가격도 좋으니 빨리 처분해달
라고 했단다. 우 형사는 양 이사가 네덜란드로 간 건 가
족이 있는 영국으로 가기 위한 중간 단계인 것 같다고

추측했다. 영국과 네덜란드 경찰에 협조공문을 보낼 예
정이라고 했다.

"양재오가 12일 날, 컨테이너하우스에 불이 나기 일주
일 전에 3천만 원어치 주식을 팔았어요. 양재오가 청부
한 겁니다."

우 형사가 단정적으로 말했다.

우 형사가 경찰서로 들어가고 우리는 천동석의 차를
타고 경찰서를 나왔다.

"양 이사가 범인이니까 보험 사기가 아닌 거네, 젠장."

고속도로를 달리면서 천동석이 말했다.

"왜 말이 없어? 허탈해? 양 이사가 도주한 건 자백한
거나 마찬가지잖아."

"신인범이 스스로 보험에 가입한 건 우연일까?"

"양 이사가 범인이 아니라면 갑자기 도망갔겠어?"

"아무래도 이상해."

천동석과 헤어진 후 집에 들어와 창문을 열고 담배를
피우다가 불현듯 가족공원에 걸려 있던 '목격자를 찾습
니다'가 떠올랐다.

가족공원에는 아직 플래카드가 철거되지 않았다. 매연
때문인지 무관심 때문인지 때가 타서 더러웠다. 나는 공

중전화 부스를 찾아다녔다. 한참을 돌아다녀서 겨우 공
중전화를 찾았다.

"목격자를 찾는다고 플래카드 거셨죠?"

"예? 예."

"전화받으시는 분은 누구실까요?"

"제 동생이 죽었어요."

"제가 신분을 노출하고 싶지 않아서 경찰한테 안 하고
가족한테 연락드린 겁니다."

"예! 감사합니다. 보상은 충분히 해드리겠습니다."

"보상은 필요 없고요. 제가 말씀을 드리면 경찰한테 그
대로 전해주세요."

"네, 그럴게요. 당연히 그래야죠. 범인을, 보신 건가요?"

"범인으로 의심되는 사람을 봤는데, 그 사람이 제가 어
디서 본 사람이더라고요. 그래서 연락드렸습니다."

"19일 날 새벽에요?"

"정확히 20일 날 새벽이죠."

"그, 그렇죠."

"화장실 근처에서 허겁지겁 뛰어가는 사람을 봤습니
다. 굉장히 당황한 얼굴이었어요."

"그 사람이, 아는 사람이라고요?"

"예. 확실하지는 않습니다. 그런데 확인을 해볼 수 있

286

는 거니까요."

"물론이죠. 백만 번이라도 확인해야죠. 그 사람이 누군
데요?"

나는 CIA기획의 위치와 안양천의 이름과 외모를 설명
했다. 상대는 거듭 고마움을 표했다. 나는 제보한 사람으
로서 수사가 어떻게 진행되는지 궁금하니까 다시 연락을
해도 되겠냐고 물었고 상대는 언제든 연락을 하면 아는
대로 말해주겠다고 답했다. 다음 날 다시 유가족한테 전
화를 걸었다. 안양천이 체포됐고 수사를 받는 중이라고
했다.

"제가 볼 때 피의자가 19일 날 알리바이를 증명할 수
있는지 없는지가 관건인 거 같습니다."

"아, 그러네요."

"경찰한테 제가 지금 드린 말씀을 해보세요. 만약 범
인이 아니면 피의자가 19일 날 어디서 뭘 했는지 증명할
수 있을 거잖아요."

"그렇죠."

"겸손하게 말씀을 하셔야 할 겁니다. 경찰이 지시를 받
는다고 생각하면 싫어할 테니까. 그럼 다시 연락드리겠
습니다."

피해자 오빠의 목소리에서 온순함이 느껴졌다. 미안한

287

마음이 없는 건 아니었지만 어차피 진범은 잡힐 것이다. 진범이 잡히기 전에 제보는 여러 번 있을 거고 내 거짓 제보는 그중 하나일 뿐이다. 다음 날 나는 유가족에게 다시 연락했다. 별다른 진척 상황은 없다고 했다.

천동석과 점심을 먹으러 식당에 들어갔다. 나는 음식이 나오기를 기다리며 신문을 읽었다.

서른여섯 살 여자가 인터넷 채팅으로 만난, 쉰 살 남자를 파주에 있는 모텔로 유인해서 살해했다. 토막을 낸 다음에 시신을 파주와 인천 남동공단에 나눠서 유기했다.

"왜 죽인 건데?"

천동석이 물었다.

"귀금속을 사려고 그랬다네."

"당신은 왜 그렇게 신문을 열심히 보는데?"

"채팅으로 아무나 만나면 안 된다는 교훈을 얻을 수 있으니까."

천동석과 헤어지고 공중전화를 찾아 부스로 들어갔다. 가족공원 살인사건의 유가족한테 전화를 걸었다.

"그렇지 않아도 연락 기다렸어요."

"뭐가 나왔나요?"

"그…… 사은익이란 사람이, 알리바이를 댔대요."

"어디요?"

"경기도 가락인가, 어딘가로 갔었다던데요."

제대로 걸렸다.

"혼자요?"

"아뇨. 혼자 갔으면 알리바이를 증명하지 못했을 텐데 같이 간 남자가 있었대요."

"그게 누굽니까?"

"그건 모르겠어요. 그래서 사은익은 풀려났어요."

"풀려났다고요?"

"제보해주신 건 고마웠어요."

"예. 반드시 조만간 진범이 잡힐 겁니다."

나는 미안하다는 말을 속으로 삼켰다.

꼬박 하루 동안 보이지 않더니 안양천이 내 사정거리 안으로 들어왔다.

천동석한테 전화를 걸었다.

"우 형사한테 연락 좀 해줘."

"왜, 또?"

"범인을 찾은 거 같아."

"무슨 범인?"

"안양천이 19일 날 벌어진 일산 가족공원 살인사건 용의자로 경찰에 잡혔었거든. 그런데 이놈이 알리바이를 증명했어. 어떻게 했는지 알아?"

"언제 또 호수공원 살인사건도 가게모찌 한 거야?"

"그날 가락으로 갔대. 같이 간 남자도 있고."

"잠깐만. 당신 이야기는 뭐야. 그러니까 안양천이 19일 날 가락으로 갔다면 그놈이 신연아한테 돈을 받은 게 뭔가 연관이 있는 걸 수 있겠네."

"이해력이 좋아졌구나."

"같이 간 남자는 신인학?"

"그건 아직 몰라. 우 형사한테 일산 가족공원 살인사건 담당 형사한테 연락해서 알아보라고 해. 호수공원 아니고 가족공원."

안양천이 건물 밖으로 나오는 게 보였다. 오른쪽 다리를 절었다. 안양천의 차를 뒤쫓았다. 빌라 입구에다 차를 대더니 한 시간쯤 후에 트렁크 가방을 들고 나왔다. 안양천은 가방을 싣고 송도에 있는 상가건물 옆 공터로 갔다. 주차를 한 안양천이 담배를 피우며 전화를 걸었다. 나는 도로 건너편에 있는, 주정차 위반을 단속하는 카메라 바로 아래 정차했다. 주차위반 딱지가 날아오겠지만 들키지 않고 안양천을 관찰할 수 있는 최적의 장소였다. 만두 전골을 파는 식당에서 한 여자가 나와 안양천이 있는 곳으로 갔다. 두 사람이 대화를 나누며 주변을 살폈다. 나는 개장수 셋째에게 전화를 걸었다.

"컨테이너에 불이 났을 때 새벽에 산 뒤에 있는 저수지에서 낯선 차가 나오는 걸 본 사람이 있다고 하셨잖아요?"

"그랬지."

"그 차가 검은색 뉴코란도 맞습니까?"

나는 안양천의 차를 보며 물었다.

"오늘 저녁에 창술이 형님네 가족이 우리 보신탕집에 온다고 예약을 했어."

"왜요?"

"창술이 형님 생일이라서 자식들이 오는 모양이야."

"차를 본 사람이 누굽니까?"

"과수원 하는 용가야. 내일이라도 내려와서 보신탕 한 그릇 먹고 가. 내가 용가한테 물어볼게. 용가가 나한테 꼼짝을 못 하거든. 옛날에 내 쫄따구였어. 검은색 뉴코란도라고?"

"네, 오늘 알아봐주세요. 이따 갈 테니까."

"알았어. 그럼 그쪽 것도 보신탕 하나 예약인가?"

"아뇨. 세 그릇이요. 하나는 삼계탕으로요."

"보신탕 세 개, 삼계탕 한 개?"

"보신탕 두 개, 삼계탕 한 개요."

"가만있어봐. 두 개 한 개, 합이 세 개?"

"네. 그럼, 이따 뵙겠습니다."

안양천이 차 트렁크에서 가방을 꺼내고 여자에게 자동차 열쇠를 건넸다. 여자가 안양천의 품을 파고들었다. 오랜 이별을 준비하는 듯 애틋한 포옹이었다. 안양천이 해외로 밀항을 할지도 모른다. 나는 천동석한테 전화를 걸었다.

"보신탕집은 왜?"

"공무원 몸보신 좀 시켜주게. 당신 개고기 먹지?"

"물론이지."

"우 형사는?"

"환장할걸."

안양천이 트렁크를 끌었다. 나는 불법으로 유턴해서 안양천의 뒤를 쫓았다. 카메라가 정면으로 날 보았다. 국가 재정에 기부한 셈 치면 된다. 안양천이 가는 길을 앞질러 눈으로 짐작해보았다. 안양천은 모퉁이를 돌 것이고 직진해서 지하철역으로 들어갈 것이다. 만두전골집과 지하철역 사이엔 건물이 듬성듬성 있었고 거리는 휑했다. 송도는 동양화처럼 여백이 많았다. 앞에 모퉁이가 보였다. 차도에서 인도로 올라가는 턱이 높지 않았다. 내 차로 충분히 오를 수 있을 정도였다. 나는 속도를 냈다. 안양천이 모퉁이를 돌 때 액셀을 강하게 밟았다. 안양천이 뒤를 돌아보았다. 내 차를 피하려 몸을 돌렸다. 난 그가 피할 수 있다는 것도 고려해서 인도 위를 향해 방향을 틀었다. 안양천이 몸을 날려 바닥에 굴렀다. 나는 서둘러 차에서 내렸다. 안양천이 날 알아보더니 주변을 둘러보았다. 무기가 될 만한 걸 찾고 있는 것이다. 나는 달려가서 그의 얼굴을 무릎으로 갈겼다. 안양천이 옆으로 굴렀다. 몸을 피하는 바람에 내 가격이 힘을 받지 못했다.

"아, 씨발, 거머리 새끼."

안양천이 돌을 들고 일어섰다.

"내가 또 당할 줄 아냐?"

"알고 있네."

"병신아, 너 이러고 있는 동안 니 마누라가 딴 놈이랑 썹하고 있는 거 모르지?"

"알아, 이 꼴통아."

안양천이 돌을 든 왼팔을 뒤로 젖힌 채 돌격해왔다. 놈이 팔을 휘둘렀고 난 뒤로 물러났다. 놈의 팔이 멈출 즈음 내가 주먹을 날리는데 놈이 돌을 들지 않은 오른팔을 뻗었다. 나는 그대로 한 방 맞았다. 몸도 빠르고 머리도 쓸 줄 아는 놈이지만 놈을 한 번 이겼기 때문에 나는 겁

이 나지 않았다. 내 머리를 향해 놈이 든 돌이 수직 하강
했다. 나는 겨우 고개를 돌려 돌을 피했다. 맞았으면 은
퇴할 뻔했다. 힘의 방향을 잃고 놈이 주춤해서 놈의 옆구
리를 가격했다. 돌 든 팔을 잡고 놈을 옆으로 밀었다. 놈
이 바닥으로 넘어지고 내가 올라탔다. 나는 놈의 돌을 빼
앗으려 하고 놈은 뺏기지 않으려 애썼다. 그사이 놈의 훅
이 날아왔다. 두 번째 훅은 머리를 숙여 막았다. 내가 뽑
았던 놈의 오른쪽 어깨는 아직 힘이 부족했다. 나는 그대
로 놈의 코를 향해 박치기를 했다. 놈이 비명을 질렀다.
놈의 코는 멀쩡했지만 입술이 터져 피가 났다. 나는 놈을
털고 일어섰다. 놈이 일어서려는데 무릎으로 놈의 얼굴
을 걷어찼다. 안양천이 쓰러졌다. 놈의 코에서 피가 쏟아
졌다. 승패가 갈렸지만 나는 한 번 더 놈의 옆구리를 걷
어찼다. X의 합법적 부부 관계를 놈의 천박한 언어로 듣
는 게 마뜩지 않았다.

영양만두

보신탕집에 도착하니 6시가 넘었다. 둘째 혼자서 장사 중이었다. 첫째는 가게에 나오지 않았고 셋째는 일이 있어 잠깐 어딜 갔는데 조금 이따가 온다고 했다. 마당 안쪽에 있는 방 앞에 신발이 즐비했다. 우 형사가 부엌 옆방에서 기다렸다. 천동석은 어김없이 늦었다. 침묵이 흘렀다.

"공무원 밥을 드셨던데? 고집이 무척 세셨다고……."

내가 진범을 쫓는 동안 내 뒷조사나 하고 있었다니.

"복지부동들이라 아무도 고집을 부리지 않아서 어쩔 수 없었죠."

"희생자란 말이오?"

"밥값은 하자는 거였죠. 공짜 밥을 먹는 건, 쪽팔리니까."

"끝난 사건에서 미련을 버리지 못하는 것도 공짜 밥이죠. 다음 사건으로 밥값을 해야 하니까."

"끝나지 않은 사건을 덮어버리는 것도 공짜 밥이고요."

우 형사가 날 보며 비웃었다. 자세히 보니 어릴 때 얼굴이 예쁘장하다는 말을 좀 들었을 것 같았다. 천동석이 요란하게 들어왔다. 우 형사한테 일산경찰서에서 정보를 얻었느냐고 물었다.

"19일 날 사은익이 가락으로 차를 몰고 왔다더라고."

우 형사가 대답했다.

"그래서요?"

"알리바이가 증명돼서 풀려났는데. 같이 있던 남자가 있어."

"신인학, 아닌가요?"

내가 물었다.

"어떻게 알았어요?"

"신인학인지 증명이 됐습니까?"

안양천이 늦은 밤에 국도 변에 있는 소고기국밥집에 들러서 국밥을 먹었다고 진술했다. 경찰은 소고기국밥집 CCTV에서 안양천을 확인했다. 우 형사가 휴대폰에 저장한 동영상을 보여주었다. 신인학이 안양천 옆에 있는 게 보였다. 일산 경찰이 어디 가는 길이었느냐고 묻자 안양천은 바람 쐬러 가는 길이었다고 말했다. 일산경찰서는 가족공원 살인사건이 목적이었기 때문에 신인학과 안양천이 왜 그 시간에 가락으로 왔는지 더 깊이 파헤치지 않았을 것이다.

"신인학은 그날 왜 가락에 온 건데?"

천동석이 내게 물었다.

"신인범을 죽이러."

"뭐? 빨리 신인학을 잡아야 하잖아?"

"여기 있어."

"어디?"

노크 소리가 들리더니 문이 열렸다. 셋째가 날 보며 웃었다. 음식이 들어왔다. 삼계탕은 내 앞에 두라고 했다. 영양만두를 서비스로 주었다. 우 형사가 만두를 하나 집어먹더니 메뉴판을 보았다.

"영양만두면…… 영양탕이니까 안에 고기가 개고기인가요?"

"눈썰미가 있으시네."

나는 만두를 집었다가 도로 내려놓았다.

"별로 개고기 냄새가 안 나네요?"

만두를 먹은 천동석이 말했다.

"냄새 없애려고 감초부터 한방 재료를 몇 개 넣어서 푹

삶지. 맛도 좋고 몸에도 좋고."

냄새까지 먹든가.

"자동차는 물어보셨습니까?"

내가 셋째에게 물었다.

"검정색 뉴코란도가 맞는 것 같다고 하네."

"예, 고맙습니다. 그리고 신연아랑 신인학 좀 이 방으로 불러주시겠습니까?"

셋째가 알았다며 방을 나가려다 도로 들어와 내 옆으로 바싹 다가왔다.

"혹시 복권방 국가 형님을 만나봤어?"

"예, 왜요?"

셋째가 손으로 입을 가리며 조심스럽게 말했다.

"창술이 형님이 국가 형님한테 시켰대."

"무슨?"

"누가 찾아와서 물어보면 아무것도 모른다고 그러라고. 그 형님이 좀 모자라. 사는 데 큰 불편은 없고. 애도 다섯이나 낳았으니."

"신창술 어르신하고 국가란 분이 많이 친합니까?"

"그렇게 특별하지는 않아."

셋째가 나갔다. 우리 세 사람은 각자 국물을 떠먹었다.

"애완견을 키우시나?"

우 형사가 삼계탕을 먹는 날 보고 물었다.

"이 친구는 아무도 안 키워요."

우 형사가 건배를 청했다. 잔이 부딪치는 청아한 소리를 듣는 순간, 머릿속에서 퍼즐의 마지막 조각이 맞춰졌다.

"모든 건 신인범이 계획한 거야. 신인학도 신연아도 그리고 신창술이랑 공미영도 그 계획을 알고 있었고. 모두 알리바이가 이상할 정도로 명백하거든. 하필 그날 신연아는 회사에서 워크숍을 갔고 공미영은 미국에 있었고 신창술은 술집에 있었어. 술집에 머리가 좀 모자란 친구를 불러서 자신이 조종할 수 있을 거라고 계획한 거야. 꼼꼼하게 준비된 일이지. 신연아의 워크숍에 다른 사람들이 시간을 맞춘 거야. 그런데 신연아가 신인학하고만 두 번째 계획을 세웠던 거야. 어쩌면 신인범만 빼고 나머지가 플랜 B를 도모한 거지."

"신인학은 집에 있다고 하지 않았어?"

노크 소리가 났고 문이 열렸다. 신인학과 신연아가 문 앞에 서 있었다.

"앉으세요."

내 말에 두 사람이 방 안을 둘러보았다.

"뭐죠?"

신연아의 말투는 쌀쌀맞았다. 옷차림과 몸가짐이 단정

했다.

"기자는 씨발, 무슨……."

신인학의 눈에 살기가 돌았다.

"신인학 씨가 19일 날 알리바이를 만들었어. 큰아들하고 둘이서 집에 있었다고. 와이프랑 둘째 아들은 대전 외갓집에 갔거든. 와이프랑 신인학이랑 새벽까지 통화를 했다더라고. 나한테 그렇게 말했죠?"

"그래서?"

"그 말이 사실이야?"

"통화 명세서도 보여줬잖아."

"통화는 당신 와이프랑 큰아들이랑 했겠지. 자지 말고 엄마가 전화를 걸면 받으라고. 그 시간에 당신은 사은익하고 가락에 왔고. 아, 사은익은 CIA기획, 안양천이란 아이디를 쓰는 놈을 말하는 거야. 아들은 애초 감기 같은 건 걸리지 않았을걸? 조사해볼까? 17일이나 18일에 준영이가 감기로 병원에 안 갔다는데 내 통장 잔액 전부를 걸지."

신인학이 나를 향하려 하자 신연아가 팔을 잡았다. 나는 신인학이 내게 달려들길 바랐다.

"굳이 그렇게 알리바이를 조작해놓고 가락에 올 일이 뭐가 있었을까?"

신인학이 우 형사의 눈치를 살폈다.

"왜 나한테 거짓말을 했을까?"

"너도 기자라고 씨부렸잖아."

"아이한테까지 찾아간 건 좀 그렇다."

천동석은 아군인지 적군인지 갈피를 잡지 못했다.

"신인학 씨, 일산경찰서에서 확인했어요. 사은익하고 19일 날 밤에 가락에 왔잖아요."

우 형사의 말에 신인학이 눈알을 굴렸다.

"2년 전에 신연아 씨의 남편이 죽었어. 보험금 5억을 수령했고. 남편이 죽기 전에 자살하라고 신연아가 말했지. 그 말이 서운했던 남편은 형수한테 그 사실을 털어놨고."

신연아가 실소를 흘렸다.

"왜?"

천동석이 물었다.

"남편은 설렁탕집이 망해서 빚이 생겼거든. 신연아가 주식으로 돈도 5천 이상 날렸고. 남편에게는 자살할 생각이 없으니 친구들하고 캠핑을 가서 알리바이를 만들어놓고 곰탕에 청산가리를 탔지. 남편은 곰탕을 데워서 먹었고. 그런데 시누이가 일찍 발견하고 119를 불러서 죽지 않았어. 1년 동안 병수발을 했어. 밖에서 볼 땐 병수발이었겠지만 사실은 2차 살인의 타이밍을 잡으려고 했지."

신연아가 나를 보며 해석이 불가능한 묘한 미소를 지었다.

"죽였을 가능성이 더 높고."

"재밌네요. 더 들을 가치는 없지만."

신연아가 의연한 척 말했다.

"신인학 씨하고 사은익이 가서 신인범 씨를 죽였다고요?"

우 형사가 물었다.

"원래 신인학이 시체를 가지고 집으로 오기로 돼 있었죠. 사은익의 자동차, 검은색 뉴코란도는 신창술 어르신 집 뒷산 너머에 있는 낚시터 부근에다 댔고. 보통 시체를 구해주는 값이 천만 원인데 왜 신연아가 안양천한테 2천이나 송금했을까? 시체만 준비해준 게 아니라 신인범을 죽이는 것까지 도와준 거거든."

"살인을 도와주는 데 2천밖에 안 받는다고?"

천동석이 말했다.

"아마 미리 2천쯤 선금을 줬겠지. 아니면 3천."

우 형사와 내 눈이 마주쳤다. 우리는 서로가 무슨 생각을 하는지 알았다.

"안양천이 3천을 양 이사한테 선불로 받았고?"

우 형사가 말했다.

"양 이사는 공범인 거고."

"신인범을 죽이려고 신인범을 배신한 양 이사랑 한통속이 되었다고?"

천동석의 목소리가 높아졌다.

"신인범은 불을 낼 준비를 하고 있었어. 안양천과 신인학한테는 트렁크에 시체를 싣고 가락으로 오라고 했고. 시체를 컨테이너에 두고 불을 지른 후에 뉴코란도 트렁크에 타고 가락을 빠져나오는 게 애초 신인범이 세운 계획이었지."

"역겹네요."

신연아가 문을 열고 나갔다. 신인학도 누나를 따라갔다. 신인학은 항상 형을 따라다니거나 누나를 따라다녔을 것이다. 어른이 되면서 인간적 관계보다 경제적 관계를 따라다녔을 것이다.

"19일 날 가락에 온 것만으로 신인학이 신인범을 죽였다고 볼 수 없는데?"

"사은익하고 신인학을 잡아다가 족치면 답이 나오겠죠. 그리고 시신을 부검해보세요."

우 형사가 눈을 지그시 감으며 혀를 찼다.

"독극물 흔적이 있을 거예요."

"없을 수도 있잖아."

"반복되는 범죄는 익숙한 방법으로 저지르기 마련이야."

"안양천도 잡아야 하잖아."

"내 트렁크에 있어."

우 형사가 눈을 뜨고 한숨을 내쉬었다.

"토끼려고 짐을 싸더라고. 내연녀하고 작별 인사도 하고."

"내연녀?"

"애틋한 게 와이프는 아닌 것 같더라고."

"일산경찰서에서 안양천이 조사받고 있다는 걸 어떻게 알았어요? 혹시…… 공원에서 사은익을 봤다고 제보했어요? 거짓말로?"

우 형사가 취조하는 말투로 내게 물었다. 나는 자리에서 일어났다.

"어디 가?"

"범인한테."

마당으로 나오자 맞은편 구석에 있는 방에서 꼬마가 방문을 열었다. 신연아의 딸이었다. 꼬마가 화장실 표시가 된 빨간색 팻말을 따라갔다. 방 안에는 신창술의 대가족이 식사를 하는 중이었다. 신창술의 부인과 아이들은 삼계탕을 먹고 다른 사람들은 모두 개고기를 먹었다. 영양만두 세 접시가 식탁 중간에 놓였다. 나는 만두를 집어 먹던 공미영과 눈이 마주쳤다. 신인학은 마당에서 담배를 피웠다. 술기운 때문에 얼굴이 벌게졌다.

"안녕하십니까, 어르신."

내가 신창술에게 인사하는데 신인학이 내 멱살을 잡으며 욕을 했다. 신연아가 방문을 닫고 마당으로 나왔다. 신인학이 나를 향해 금방이라도 발사할 듯 주먹을 쥐었다. 제대로 맞으면 소멸할 것처럼 묵직해 보였다.

"그만해."

신인학이 누나를 돌아보았다.

"흥신소 쓰레기, 씨…… 한주먹감도 안 되는 게."

"어때? 깽값 물어주기 없기로 하고 한판 뜰까?"

신인학이 내 제안을 비웃었다. 한 방 먹일 기회가 오겠지.

"딴소리 하기 없고?"

"그러지 마."

신연아가 말했다.

"휴대폰에 녹음하고 시작하자."

신인학이 코를 벌름거리며 말했다. 천동석과 우 형사가 나왔다.

"신인학 씨. 경찰서로 갑시다."

"뭐요? 내가? 나를 왜?"

"19일 날 알리바이를 조작했잖아요."

"그게 왜 조작이에요?"

신연아가 나섰다.

"경찰에서 진술한 것도 아니고. 기자도 아닌 사람이 기자라고 거짓말한 건 문제가 없는데 기자도 아닌 사람한테 거짓말을 한 게 경찰서에 갈 만큼 잘못인가요?"

"좋습니다. 그럼, 그날 왜 가락에 왔는지 경찰서에서 진상을 밝혀봅시다. 참고인 신분으로."

신인학이 나와 우 형사를 번갈아 보았다.

"뭐, 그냥 바람 쐬러 온 건데……."

"사은익이 다 불었어. 여기 다 녹음돼 있어."

내가 휴대폰을 꺼내 들며 말했다.

"뭘?"

"너가 죽였다고."

신인학이 내게 주먹을 날렸다. 묵직하고 둔한 주먹을 흘려보낸 후 내 주먹을 보냈다. 신인학이 내 주먹을 받고는 뒤로 주춤했다. 천동석이 뛰어 내려와 날 말렸다. 난 두 팔을 들어 더 이상 싸울 의사가 없다고 표현했다. 한 번밖에 기회가 없다는 걸 알았더라면 제대로 힘을 더 실었어야 했다. 잽이 아니라 카운터펀치를 날렸어야 했다. 신인학이 내게 달려들려 했지만 우 형사가 그를 붙잡았다. 우 형사는 보기보다 힘이 좋았다.

신인학이 우 형사를 뿌리치고 툇마루에 앉아 담배를 물었다. 신인학의 라이터가 켜지지 않았다.

"블랙박스 봤어?"

내가 불을 붙여주며 말했다. 신인학이 불을 받는 척하다가 주먹을 날렸다. 신인학의 주먹은 매번 피할 수 있을 정도로, 신인학이 야구 하던 시절에 던진 공을 타자들이 죄다 쳐냈을 수밖에 없었던 것처럼 느렸다. 신인학은 제 성질을 이기지 못하고 욕을 하며 주먹으로 마루를 내리쳤다. 이내 복수를 단념한 듯 어깨가 처졌다. 나는 다시 불을 붙여주었다.

"당신 형이 남긴 마지막 모습이지. 나는 신인범의 마지막을 수십 번도 넘게 봤거든. 자꾸 나한테 뭔가 얘길 하고 있는 거 같더라고."

신인학이 연기를 내뿜으며 숨을 골랐다.

"내 동생들, 용서한다고."

"염병하네."

"이 사건 파헤치지 말고 그냥 묻어달라고 말하는 것 같더라고."

신인학의 얼굴이 침통해졌다. 양심의 호르몬이 분비되기 시작한 것 같았다.

"동생들이 자기를 죽일지 알고 있었어."

"어디서 개수작이야!"

신연아의 목소리가 앙칼졌다.

"다 알고 있지만, 자기 하나 떠나면, 모두들 만족한다면, 그냥, 조용히 가겠다고 하는 것 같았어. 쓸쓸해 보이더라고. 따뜻한 형이었을 거야."

내 형과 달리…….

신인학이 코를 훌쩍이더니 두 손에 고개를 묻었다. 나는 우 형사와 눈이 마주쳤다. 우 형사가 눈썹을 치켜올렸다. 날 부추겼다. 조금만 더 가면 신인학이 무너질 것 같다고, 우리 둘은 뜻을 같이했다. 신연아가 신인학 쪽으로 오려는데 우 형사가 막았다.

"형님은 분명히 알고 있었다니까. 알면서도 받아들인 거라고. 블랙박스 카메라를 쳐다보는 눈빛을 보면, 알 수 있어. 당신도 한번 봐. 그럼 느낄 거야. 형의 마음이 뭔지……."

신인학이 감정에 복받친 울음을 토했다. 나는 신인학의 옆으로 가서 앉았다.

"당신 집에 형하고 찍은 사진이 있지? 어깨동무를 하고 있잖아, 왜. 당신은 어깨동무를 풀었지만 형은 죽을 때까지 풀지 않았던 거야."

신창술이 신인학에게 다가가려 하자 우 형사의 지시를
받은 천동석이 막았다. 나는 나도 모르게 신인학의 집에
몰래 들어갔다고 고백해버렸다는 걸 뒤늦게 깨달았다.
다행히 신인학은 그걸 따질 겨를이 없었다.

　"어르신도 어디까지 알고 계신 겁니까? 소를 팔기 위해
서 신인범이 한 달 전부터 어르신께 전화를 뻔질나게 했
다는 게 말이 안 됩니다. 소 팔고 땅 팔아서 얼마나 나온
다고 사업 자금으로 쓰겠습니까? 생활비밖에 안 되겠지
요. 신인범이 시체를 구해서 보험 사기를 치려는 것까지
아셨습니까? 아니면 신인학이 형을 죽이는 것까지 아셨
습니까? 보험금을 타서 그 돈으로 소 백 마리를 사서 키
우려고 그런 거 아닙니까? 어르신은 소를 아주 좋아하니
까요."

　"잘도 지껄이는구먼."

　"이제라도 모든 걸 털어놓는 게 형님에 대한 마지막 예
의 아닐까?"

　나는 방향을 돌려 신인학에게 말했다. 신연아나 신창술
에 비해 신인학이 여려 보였다. 신인학이 눈물을 벅차게
쏟아냈다.

　"내가 그랬어요."

　"인학아……."

신창술이 불렀다. 신인학이 얼굴에서 두 손을 뗐다. 나는 우 형사와 눈이 마주쳤다. 우 형사의 눈이 그렇게 큰 줄 몰랐다. 우 형사가 신인학 앞으로 왔다.

"누구랑?"

내가 물었다.

"너, 미쳤어!"

신연아가 소리쳤다. 아니, 절규했다.

"형사님, 우리 막내가 하는 말은, 오빠를 더 도와주지 못해서 양심의 가책을 느낀다는 말이에요. 진짜로 죽였다는 게 아니라."

살인 계획의 중심은 신연아일 것이다.

"신연아 씨, 당신도 같이 가시죠."

우 형사가 이제야 감을 잡았다.

신인범의 어머니가 방 안에서 벽에 멍하니 기대고 있는 게 보였다. 수틴의 〈데셰앙스〉에 나오는 여인의, 개입할 엄두를 내지 못하는 강렬한 관조가 느껴졌다. 그녀는 아무것도 몰랐다가 지금에야 모든 사실을 알았을 것이다. 나는 그렇게 생각하고 싶었다.

돌아오는 길에 천동석과 저녁을 다시 먹었다. 천동석은 브레이크에 문제가 생겨 카센터에 차를 맡겼기 때문에 버스를 타고 가락에 왔다. 천동석을 태우고 고속도로를 달렸다.

비가 내리기 시작했다. 거스거스(GusGus)의 〈Cold Breath〉가 흘렀다.

"왜 맨날 나이트 음악을 듣는 건데? 〈Touch My Body〉 같은 건 없어?"

나는 와이퍼를 작동시켰다.

"기계 같은 소리가 좋아?"

"인간적이잖아."

"그나저나 신인범 가족들 모두가 별로 악해 보이지가 않는단 말이야."

"탈이 좋은 유전자인 모양이지."

탈부터가 가짜거나.

천동석을 내려주고 나자 빗줄기는 더 굵어졌다. 자유로를 타자마자 바람이 세찼다. 자유로를 빠져나와 한적한 곳에 차를 세웠다. 빗줄기가 굵었다. 신인범을 협박하는 양 이사가 등장하는 동영상은 익명으로 제보됐다고 했다. 내가 사건을 포기하지 않고 계속 파헤치고 마침 양이사가 지레 겁을 먹고 도망가자 남매가, 아니 신연아가 그걸 이용해서 제보했을지도 모른다. 양미정이 제보했거나. 신인범이 죽기 전에 동영상을 양미정한테 주었고 자기가 나타나지 않으면 필요할 때 써먹으라고 했을 수도 있다. 동생들을 지키고 양 이사만 심판하기 위해 남겨뒀을까.

거스거스가 〈Dominuque〉의 신비로운 슬픔으로 날 끌어들였다.

나는 왜 이혼했던 걸까. X는 내 자리로 대신 들어간 소령에 만족해하는 것 같다. 소령이라면 X의 가족 안에서 잘 버틸 수 있을 것이다. X가 전하길 소령은, 그녀의 과장된 언어겠지만, 자신보다 가족의 안위를 우선시할 줄 아는 사람이다. X와 나의 이혼은, 그녀의 말대로 가족이 추락하는 걸 방지하기 위한 최선이었을까. 내가 직장을 그만둔다고 했을 때 12년을 했으니 8년만 더 하면 연금 대박이 기다리고 있다면서 X는 더 버티라고 간절하게 명령했다. 나는 버틸 수 없었다. 내가 왜 일을 그만두어야 하는지, X에겐 중요하지 않았다. 내게 결혼 생활은 아무것도 대신해줄 수 없는데도 무엇이든 대신 해줄 수 있을 것처럼 착각하던 시간이었다. 아버지는 왜 내게 유전자 검사를 하자고 했을까. 결혼은 내게 두 번째 아버지였다.

검은 안개

『헬로 인천』홈페이지에 들어갔다.「검은 안개」30회
는 가족공원 살인사건에 대한 기사였다. 신문을 읽으려
는데 천동석한테 전화가 왔다.

　"우리 사건 궁금하지 않아?"

　"자백했대?"

　"아직 안 한 것 같고. 결국 보험 사기로 마무리될 것 같
아. 보험회사에서 지급을 유예했어. 당연히 포상금은 우
리 거고."

　목이 멨는지 천동석이 기침을 몇 번 했다.

　"우 형사한테 20프로 떼 주고 나머진 우리 반반인 거 알
지?"

　"마음 같아선 6대 4지만 5대 5로 하지, 뭐."

"그래. 내가 1을 포기해서 5대 5로 하자고. 오늘 술이
나 한잔할까?"

"아니."

"그러든가."

다시 「검은 안개」를 보았다.

피해자는 이십대 후반이며 직장에 다니는 여성이었다.
피해자가 술을 마시고 귀가하는 길이었다. 술을 깨려고
가족공원에 갔다가 변을 당했다. 피해자는 연애 중이었
다. 지인들은 피해자가 연애하고 있는 사실을 알지 못했
다. 피해자는 평소 자잘한 일상을 SNS에 올렸지만 연애
사실만큼은 알리지 않았다. 피해자의 상대는 사십대 중
반의 유부남이었다. 열여덟 살이나 차이가 났다. 두 사
람은 거래처에서 만났다. 경찰은 처음에 유부남을 용의
자로 보았다. 피해자가 유부남을 협박해서 돈을 뜯어내
려 했고 유부남이 부담을 느껴 그녀를 죽였을 수도 있다
는 게, 애초 경찰의 추리였다. 피해자는 유부남에게 아
낌없이 사랑을 표현했다. 스크린 골프장의 이용권도 사
주었다. 유부남은 경찰에게 자신은 피해자를 만난 후 너
무 사랑해서 이혼을 결심했다고 말했다. 유부남은 피해
자와 연락하기 위해 휴대폰을 하나 더 가지고 있었다. 그
휴대폰의 문자에서 피해자가 유부남을 얼마나 사랑하고

있는지 알 수 있었다. 사건이 오리무중에 빠지나 했는데 새로운 단서가 포착됐다. 죽기 직전 피해자가 마지막으로 관찰된 백화점 CCTV에 그녀의 뒤를 따르는 수상한 남자가 목격된 것이다. 그 남자의 동선을 쫓아가서 주변에 있는 CCTV를 살피다가 그의 얼굴을 알아볼 수 있었다. 피해자의 오빠였다. 오빠가 여동생을 몰래 미행한 게 이상했던 경찰은 오빠를 소환해서 추궁했다. 여동생이 유부남과 연애를 한다는 사실을 오빠는 알고 있었다. 그동안 유부남의 휴대폰으로 발신자 번호를 숨긴 채 바람을 피우지 말라는 협박조의 문자가 종종 왔다. 경찰은 발신자를 추적했고 피해자 어머니의 휴대폰이라는 사실을 알아냈다. 육십대 여자가 보낸 내용 같지가 않자 경찰이 다른 가족을 의심하던 중에 CCTV에서 여동생을 미행하는 오빠를 보게 된 것이다. 오빠는 결국, 자신이 여동생을 죽였다고 시인했다. 황승찬 기자가 보도한 바에 의하면 오빠도 유부남인데 처녀와 내연의 관계라는 소문이 있었다. 기사의 제목은 「명예살인의 아이러니」였다.

내가 통화한 오빠가 살인범은 아닐 것이다. 피해자에게 오빠가 최소한 둘은 있었을 것이다.

커피숍을 나오기 전에 인터넷에서 방금 업로드된 31회

차 「컨테이너하우스 보험 사기 사건」을 클릭했다. 기사를 쓴 기자는 황승찬이었다. 30회까지만 하고 이민을 간다 더니 대한민국이 없는 곳으로 떠나지 못한 모양이었다. 어디 쉬운 일인가. 천동석이 이름을 빌려준 대가로 자료 를 제공했을 테니 기사는 책상머리에만 앉아서 썼을 것 이다.

경찰은 시신을 부검하는 것부터 재수사를 시작했다. 화 재로 탄 시신은 기도에서 그을음이 발견돼야 한다. 신인 범의 기도에선 그을음이 미량만 검출됐다. 불이 나기 전 에 이미 신인범이 죽었기 때문에 불이 나고서 숨을 쉬지 않았다는 의미. 시신에서 시안화칼륨 성분이 나왔다. 신연아가 남편을 죽이는 데 사용했던 청산가리를 신인학 한테 주었고 신인학이 종말을 재촉하는 매개체에 넣어서 신인범한테 주었을 것이다.

안양천이 자백했다. 경찰은 CCTV로 양 이사가 현금 3천만 원을 인출하던 날의 행적을 쫓았다. 양 이사가 안 양천을 만나 돈을 건네는 장면도 포착했다. 안양천의 진 술에 따르면 19일 밤 12시가 조금 안 돼서 저수지에 도 착했다. 차를 대고 두 사람이 산을 넘어갔다. 신인범이 기다리고 있었다. 신인학이 트렁크 안은 추울 거라며 신 인범한테 막걸리를 건넸다. 신인범이 평소 좋아하던 막

320

걸리를 별 의심 없이 마셨다. 신인학이 준비해 간 육포를 안주로 먹었다. 신인학은 맥주를 마셨다. 얼마 후 신인범이 쓰러졌다. 안양천은 옆에 있기만 했다고 진술했다.

경찰서에 간 신인학은 보신탕집에서와 달리 범행을 부정했다. 거짓말탐지기에서 거짓말이 들통난 후 결국 자백을 했다. 거짓말탐지기가 결정적인 증거가 되지 않는다는 걸 모르는지. 신인학은 모든 걸 혼자서 꾸몄다고 진술했다. 처음엔 형을 죽였다는 사실을 다른 가족은 아무도 알지 못했다고 했다가 계속된 추궁에 누나와 아버지한테는 죽이고 나서 사실을 말했다며 진술을 번복했다. 청산가리를 구입한 경로는 말하지 않았다. 공미영도 신창술도 살인 계획을 알고 있었을 것이다. 내가 만났을 때 그들에게 모르고 있는 사람이 가질 수 없는, 알고 있지만 감당하고 있는 감정이 느껴졌다. 경찰 조사를 받던 중 공미영은 다량의 수면제를 복용해서 음독자살을 시도했고 병원에 입원했다. 우 형사에 따르면 신연아만 멀쩡한 상태로 조사를 받고 있다고 했다. 눈빛 한 번 흔들리지 않고 진술도 일관돼서 쉽지 않을 거 같다고 했다. 신연아는 거짓말탐지기도 통과했다.

「검은 안개」에 의하면 '살인 도우미' 안양천은 애초 신인범이 찾아낸 사람이었다. 안양천이 2천만 원을 받고 시

체를 구해주기로 했는데 중간에 양 이사가 그에게 접근
해왔다. 3천만 원을 더 줄 테니 살인을 도우라고 했다. 일
이 틀어지면 중국에 가 있을 곳을 마련해주겠다는 조건
도 있었다. 공소시효가 끝날 때까지 중국에서 생활할 수
있도록 돕겠다는 것이다. 기자는 설사 안양천이 잡히지
않고 중국에 피신했다고 해도 형사처분을 면할 목적으
로 도피할 경우 그 기간 동안 공소시효가 정지된다는 설
명을 덧붙였다. 기자는 신연아와 양 이사가 내연 관계라
는 의혹이 있다는 말로 기사를 마무리했다. 항상 내연 관
계를 들먹이는 게 황승찬 기자의 문체인 모양이다.

　양 이사 스스로 한국에 들어오지 않는 한 그를 잡기는
어려울 것이다.

　더 나이프의 〈Pass This On〉이 흘렀다. 한참 달리다 보
니 비가 내리기 시작했다. 와이퍼를 작동하자 와이퍼 아
래 끼어 있던 명함이 보였다.

　신연아는 왜 신인범을 화장하지 않았을까. 화장을 했
더라면 미래에 일어날 의혹을 원천적으로 차단할 수 있
었을 텐데. 자신의 계획에 자신감이 충만했던 걸까. 오빠
에 대한 마지막 예의였을까. 누군가 진실을 파헤치면 그
과정을 즐기고 싶었던 걸까. 양 이사는 자신의 도둑질을
묻고 싶었을 것이다. 신창술, 신인학, 공미영은 돈이 필

요했다. 신연아는 안정된 직장에 다니며 능력도 인정받고 부족하지 않게 살고 있다. 회사는 신연아를 필요한 사람으로 분류하는 것 같았다. 신연아의 목적은 무엇이었을까. 오빠가 죽은 사람인 척 살아가야 하는 것에 대해 감당하기 버거울 거라고 생각해서 죽였을까. 돈이 필요해서 남편을 죽인 후 죽음의 게임에 중독된 걸까.

나는 오피스텔 지하로 들어와 겨우 공간을 찾아서 주차했다. 명함을 꺼내러 차 앞으로 갔다. 유리에 달라붙어 잘 떨어지지 않았다. 중고차를 비싸게 팔라는 문구가 박힌 광고 명함이었다. 천동석한테 전화를 걸었다.

"웬일이야?"

"이따가 소주 한잔하자고."

"바쁘지만 비도 오니까 그래주지, 뭐."

차 앞 유리에서 블랙박스가 파랗게 깜박거렸다.

신인범은 어디까지 알고 있었을까.

'에브리북'에 연재했던 작품인데 오랜만에 종이책으로 나오게 되었다. 이번에 책을 내면서 되돌아보니 이 소설을 쓸 때 내가 어디에 있었는지 보인다. 페드로 알모도바르의 영화에 등장하는 어머니들은 자식들을 위해 희생했지만 그 희생이 전달되지 않아서인지 자식 앞에서 죄스러운 태도를 취하는 지점이 있었다. 하지만 〈페인 앤 글로리〉에서 어머니는 아들에게 널 위해 희생한 자신을 왜 돌보지 않느냐고 나무란다. 알모도바르는 이제 자식에게 당당한 어머니가 있는 지점으로 옮겨 간 것이다. 나는 이 소설을 쓸 때로부터 얼마나 멀리 이동했는지 모르겠지만 다시 읽어보니 생경한 면이 많다. 이 소설이 내가 지금 얼마나 낯선 지점으로 가고 있는지, 가야 하는지 알려주려는 것 같다. 도착하고 시간이 지나면 어디로 갔는지 알 수 있을 것이다. 그리고 또 떠날 것이다.

　가족은 가장 따뜻한 공동체다. 〈인터스텔라〉는 황폐한 지구의 대안을 찾기 위해 우주로 떠났던 주인공이 가족에게 돌아오기 위해 간절하게 노력하는 이야기다. 나는 가족이 가장 냉혹한 집단일 수 있다는 이야기를 썼다. 〈단지 세상의 끝〉에서는 12년 만에 집에 온 주인공에게 여동생이 마리화나를 권한다. 주인공은 원래 피우지 않지만 오늘은 피워볼까, 하고 말한다. 누군가에게 가족이 사는 집은 마약의 힘을 빌리지 않고서는 견딜 수 없는 공간이기도 할 것이다. 테네시 윌리엄스는 「뜨거운 양철지붕 위의 고양이」를 통해 모두가 시끄럽게 떠들지만 아무도 듣지 않는 가족의 이야기를 했다. 카프카의 「변신」은 내 안에서 오랫동안 깊이 머무르고 있다. 언젠가 그 작품을 내 식으로 다시 써보고 싶다고 생각했다. 나는 미스터리 추리소설로 『영양만두를 먹는 가족』을 통해 그 시도를 했던 게 아닌가 싶다. 창작은 변작인 걸까.

　이 소설이 나오는 데 애써주신 출판사분들께 감사를 드린다.

영양만두를 먹는 가족

ⓒ이재찬, 2020

초판 1쇄 인쇄일 2020년 3월 24일
초판 1쇄 발행일 2020년 4월 7일

지은이	이재찬
펴낸이	정은영
편집	안태운 김정은 정사라
마케팅	이재욱 최금순 오세미 김하은
제작	홍동근

펴낸곳	(주)자음과모음
출판등록	2001년 11월 28일 제2001-000259호
주소	04047 서울시 마포구 양화로6길 49
전화	편집부 (02)324-2347, 경영지원부 (02)325-6047
팩스	편집부 (02)324-2348, 경영지원부 (02)2648-1311
이메일	munhak@jamobook.com

ISBN 978-89-544-4247-3 (03810)

이 도서의 국립중앙도서관 출판시도서목록(CIP)은 서지정보유통지원시스템 홈페이지
(http://seoji.nl.go.kr)와 국가자료공동목록시스템(http://www.nl.go.kr/kolisnet)에서
이용하실 수 있습니다.(CIP제어번호: CIP2020011453)